An diesem Tag erfuhr ich, dass sich meine Mama das Leben, mit einer Überdosis ihrer Tabletten, genommen hat.

***Gegenwart***
Schnell wasche ich mir das bisschen Erinnerung aus dem Gesicht, denn das war der schlimmste Tag in meinem ganzen Leben. Ich habe keine Ahnung, warum ich ausgerechnet jetzt an dieses Erlebnis denken muss, wahrscheinlich, weil ihr Todestag kurz vor der Tür steht. Als ich mit dem Duschen fertig bin, höre ich es an der Tür klopfen. „Mara, bist du fertig?" ruft meine Tante durch die Badezimmertür. „Ich dachte ich hätte fünfzehn Minuten Zeit, um mich fertig zu machen, ich bin gerade erst mit dem duschen fertig und habe mich noch nicht einmal geschminkt, geschweige denn angezogen."

„Dafür haben wir jetzt keine Zeit mehr, Max, unser Security Chef aus der Kneipe hat angerufen, wir sollen kommen, es gibt irgendein Problem, was genau, hat er nicht gesagt."

„Na schön, dann muss es heute also ein schnelles herrichten sein." , nach fünf Minuten gehe ich die Treppe runter, mit

# Kapitel 1

***Mara vor sechs Jahren***

*Heute ist der letzte Tag an der Uni bevor die Semesterferien anfangen. Endlich ist es so weit, nach wochenlangem lernen und Klausuren schreiben, habe ich es geschafft, jetzt kann ich mir mal ein bisschen Zeit gönnen und das Leben genießen. Draußen sehe ich meine beste Freundin Kim auf mich warten, wir kennen uns seit dem Kindergarten, sind zusammen auf die gleiche Schule gegangen und haben uns dann auch noch entschieden, beide Germanistik zu studieren. Sie kennt mich in- und auswendig und weiß auch als einzige von den Problemen in meiner Familie. Mein Vater ist seit Jahren spielsüchtig und meine Mutter nimmt seitdem Antidepressiva, weil sie damit nicht zurechtkommt. Ich weiß nicht, wie es dazu gekommen ist,* aber ich bin froh, dass ich jemanden habe, dem ich alles anvertrauen kann, sonst würde ich wahrscheinlich noch wahnsinnig werden, bei meiner Familie. Mit ihrem Auto sind wir auf dem Weg zu mir nach Hause. Ich will nur noch schnell ein paar Sachen zusammensuchen, weil wir ausgemacht haben, dass ich das erste Wochenende vor den Ferien bei Kim schlafen werde. Als wir in meiner Straße einbiegen, sehe ich schon von weitem ein blaues Licht und mehrere Fahrzeuge stehen. Kim fragte erschrocken: „Mara, was ist hier los?" „Ich weiß es nicht, fahre mal langsam, vielleicht ist da ein Unfall." Wir kommen dem Geschehen immer näher und was ich dann sehe, reißt mir den Boden unter den Füßen weg. Krankenwagen, Polizei und zu guter Letzt, noch ein Leichenwagen. Kim hält mit ihren Wagen abseits vom Haus, dass wir den Hilfskräften nicht im Weg stehen, ich springe sofort aus dem Auto...

einer engen schwarzen Jeans und einem weißen T-Shirt, meine Haare habe ich zu einem lockeren Pferdeschwanz gebunden, mehr ging in der kurzen Zeit nicht. Beth wartet schon an der Wohnungstür auf mich und keine zehn Minuten später, stehen wir vor dem Rockets.

Die Kneipe gehört meiner Tante schon seit vielen Jahren. Ich kann sehen, dass Max bereits am Eingangsbereich wartet. „Ich gehe mal runter ins Lager und schaue mir die Bestände für heute Abend an, während du mal lieber zu Max gehst, denn er sieht gar nicht erfreut aus, wir setzten uns dann später zusammen und besprechen alles für den heutigen Abend." Beth gab mir bloß ein Handzeichen, da sie schon auf halben Weg zu Max war.

In der Kneipe angekommen, gehe ich, wie besprochen, nach unten ins Lager. Ich mache mir eine Liste im Kopf, was wir alles brauchen, als ich einen Fremden entdecke, der sich an die Tür lehnt. Ob das wohl das Problem ist, von dem Max gesprochen hat? Aber ich kann keine Polizei sehen oder dass Max ihm schon Handschellen angelegt hat, also fällt ein Einbruch schon mal weg. Ich mache mir aber darüber keine weiteren Gedanken, denn das werden die beiden schon regeln. Nach einer guten Stunde bin ich mit meiner Bestandsaufnahme fertig und gehe wieder nach oben, in den Barbereich, als ich bemerke, dass der Mann immer noch da ist, kann ich keinen Streit hören und sehe auch keine Anzeichen von einem Kampf, also scheint alles in Ordnung zu sein. Hinter der Theke angekommen, mache ich mich an die Arbeit und fange an, die Gläser aus der Spühlmaschine zu nehmen. Von hier aus habe ich eine gute Sicht zu den drei Personen, die sich da unterhalten und nutze die Möglichkeit, um mir den Mann mal näher anzuschauen. Er trägt einen maßgeschneiderten Anzug, der nur so vor Geld strotzt, er ist groß, hat dunkle Haare und genauso dunkle Augen, sein weißes Hemd spannt sich um seinen muskulösen Bizepse. Er sieht einfach nur verdammt sexy aus. Um Himmels willen, habe ich das gerade gedacht? So verwundert von meinen eigenen Gedanken, bekomme ich gar nicht mit, wie lange ich ihn schon anstarre, als ich bemerke, dass der Typ zu mir schaut, will ich wegschauen, aber seine Augen ziehen mich magisch an. Ich kann dieses Gefühl nicht beschreiben. Das Gespräch muss anscheinend zu Ende sein, denn Beth will sich gerade verabschieden, sie reicht ihm die Hand, er erwidert es, schaut dabei aber in meine Richtung. Sofort bekomme ich eine Gänsehaut. Nachdem sich alle verabschieden, kommt Beth zu mir und sagte: „Wie sieht es im Lager aus, hast du alles, für heute Abend?" „Alles erledigt, wir haben so viel da, dass wir mehrere Football Mannschaften bedienen können. Ich habe schon mal angefangen hier alles auf Vordermann zu bringen". Beth nickt mir zu und verschwindet dann in Richtung Büro. Nach zwei Stunden kommen die ersten Gäste. Und nach nicht mal drei Stunden, wird es immer voller. Als ich sehe, wie Kim mit einer vollen Kiste Softdrinks und zwei Flaschen Whiskey auf mich zukommt, gehe ich zu ihr, um ihr zu helfen. Kim sagte ganz außer Atem: "Gott sei Dank, ich dachte schon, ich schaffe es nicht, die Sachen heil zur Bar zu tragen, man ist das schwer"

„Süße, da du jetzt schon mal hier bist, macht es dir was aus, wenn ich eine Pause mache, bevor der nächste Schwung an Gästen kommt?"

„Klar mache nur, du bist ja auch schon seit heute Morgen hier, da hast du dir eine kleine Verschnaufpause verdient."

„Du bist ein Schatz"

Bewaffnet mit einem Glas Wasser, mache ich mich auf den Weg nach draußen, gehe aber durch den Hintereingang, weil ich meine Pause in Ruhe genießen möchte. Sobald mich nämlich ein Gast sieht, wird er mich sofort in ein Gespräch verwickeln, auf das ich wirklich keine Lust habe. Ich setze mich auf die Treppe, um meinen Beinen eine Auszeit zu gönnen, bevor ich einen großen Schluck Wasser nehme und vor Erleichterung aufstöhne, weil es gerade Erholung pur ist. Nachdem ich mich ein wenig ausgeruht habe, schaue ich mir an, wie sich eine Katze an einer Mülltonne bedient, als ich eine Bewegung hinter mir bemerke, will ich mich umdrehen, bin aber wie erstarrt, mein Körper fängt an zu zittern, aber nicht vor Kälte, sondern aus Angst. So wollte ich eigentlich nicht sterben, erstochen hinter der Kneipe, zwischen Müllcontainer. Ich finde mich schon fast mit meinem Schicksal ab und überlege, ob ich mich bei einem Angriff wehren oder besser nichts tun sollte. Ich sah ihn nicht, konnte aber hören, wie er auf mich zukommt, doch nicht so, wie erwartet, werde ich angegriffen, nein, mir wird eine Jacke über die Schulter gelegt und eine raue, dunkle und auch sehr sexy Stimme flüstert mir ins Ohr. „Du solltest bei diesen Temperaturen nicht ohne Jacke hier draußen sitzen, erst recht nicht am Hintereingang einer Kneipe, hier könnte dir sonst etwas passieren, auf der Welt lauert überall das Böse, glaub mir, ich kenne mich da bestens aus." Nachdem die Angst mich ein wenig verlassen hat, will ich mich umdrehen, bemerke aber, dass der Fremde mit der sexy Stimme schon wieder weg ist.

Nachdem ich mein Glas gelehrt habe, gehe ich wieder an meine Arbeit, muss aber die ganze Zeit an die Worte denken, die ich gerade draußen gehört habe. Ich bekomme erneut eine Gänsehaut. Der Abend nähert sich schon langsam dem Ende, bevor ich jedoch nach Hause fahre, gehe ich noch schnell zu meiner Tante und sage ihr Bescheid, dass sie sich keine Sorgen machen braucht, wenn ich plötzlich nicht mehr da bin. Ich klopfe an ihrer Tür und gehe hinein, sie telefoniert gerade, also setze ich mich auf den Sessel gegenüber von ihrem Schreibtisch, als sie das Gespräch beendet, schaut sie mich ernst an sagt: „Mara, ich muss mit dir was besprechen."

„Okay was gibt es?"

„Du hast doch heute bestimmt den jungen Mann gesehen, der vorhin hier war. Das ist Mr. Patrick Black, er wird mir bei einigen Sachen unter die Arme greifen, zum Beispiel, was das Finanzelle angeht. Du musst dir aber um nichts Sorgen machen, ich wollte es dir nur vorher sagen, bevor ich ihn morgen Kim und Max vorstelle. Da ist noch was, er möchte sich die Kneipe vorher ein bisschen anschauen, dass er einen Überblick bekommt, wie es hier abläuft und da dachte ich mir, dass er schon mal bei dir anfangen sollte, also wird er dir ab morgen ein bisschen über die Schulter schauen, wenn das für dich in Ordnung ist?"

„Haben wir Probleme?"

„Wie gesagt, ich möchte mir einfach nur einen Rat holen, was die Finanzen angeht, du brauchst dir keine Gedanken machen, es ist alles in Ordnung." Ich habe das Gefühl, dass das nicht die ganze Wahrheit ist, irgendetwas stimmt nicht, ich werde aber nicht weiter nachfragen, wenn es irgendwelche Schwierigkeiten geben sollte, würde sie es mir sagen, das hoffe ich zumindest. „Okay, ich wollte dir eigentlich nur Bescheid geben, dass ich mich jetzt auf den Weg nach Hause mache. Kim wird mich mitnehmen, falls du noch was zu tun hast."

„Alles gut, wir sehen uns dann morgen in der Früh, habe noch einen schönen Feierabend, ich muss noch ein wenig Büroarbeit erledigen."

# Kapitel 2

*Mara*

Die Schicht gestern war anstrengender als gedacht, denn ich muss mich überwinden aufzustehen. Das erste was in meinem Kopf ist, ist ein Name und das dazugehörige Bild von ihm. Patrick Black, groß, muskulös, braune Augen, die mich im Traum verfolgt haben, dunkle Haare und verdammt sexy. Es geht mir aber auch nicht mehr aus dem Kopf, was Beth zu mir gesagt hat, dass er ihr bei dem Finanziellem hilft. Ist er etwa sowas wie ein Finanzberater oder noch schlimmer, ein Gerichtsvollzieher? Nein,dass kann nicht sein, sie hat zu mir gesagt, ich soll mir keine Sorgen machen, es ist alles in Ordnung. Ich gehe aber trotzdem auf Nummer sicher und schnappe mir meinen Laptop und gehe ins Internet, auf die Suche nach ihm. Alles, was ich jedoch finden kann, ist, dass er reicher ist als Reich und das er

mehrere Casinos so wie Immobilien in dieser Stadt besitz. Also kein Finanzmanager oder Gerichtsvollzieher. Ich werde trotzdem das Gefühl nicht los, dass da irgendwas nicht stimmt. Wieso sagt sie mir jetzt erst Bescheid und woher kennt sie ihn? Er ist plötzlich aus dem Nichts erschienen und soll jetzt auch noch alles anschauen, wie es bei der Arbeit abläuft. Mit meiner Paranoia komme ich nicht weit, denn es klopft an meiner Zimmertür und kurz darauf sehe ich, wie Beth hereinkommt. "Hey Kleine, willst du auch Kaffee und Frühstück?"
"Kaffee hört sich sehr gut an, komme gleich runter, ich ziehe mir nur schnell etwas an." Kurze Zeit später sitze ich gegenüber von meiner Tante und trinke einen starken, schwarzen Kaffee. Ich schaue ihr in die Augen und versuche ihr die Fragen zustellen, die ich mir gerade oben in meinem Zimmer auch schon gestellt habe. "Du Beth, was sucht eigentlich dieser Patrick genau bei dir in der Kneipe? Hast du vielleicht

irgendwelche Probleme, von denen ich nichts weiß, aber von denen ich vielleicht etwas wissen sollte?. Ich weiß, du hast mir gestern schon gesagt, dass alles in Ordnung ist, aber er ist so plötzlich auf der Bildfläche erschienen."

"Es ist nichts, ich habe es dir gestern schon gesagt und ich möchte auch jetzt nicht mehr darüber reden, er ist da und hilft mir, mehr brauchst du momentan nicht wissen."

"Ich wollte nur mal nachfragen und dich nicht verärgern. Du weißt, dass ich mir nur Sorgen mache, mehr nicht."

"Es tut mir leid, ich wollte dich gerade nicht so anpflaumen. Ich bin nur so kaputt von gestern Nacht. Ich war noch lange in der Kneipe und habe die Abrechnungen sortiert."

"Ist schon gut, ich kann verstehen, dass es manchmal nicht leicht ist, alleine eine Bar zu leiten und alles zu organisieren, aber du weißt, wenn was ist, kannst du zu mir kommen. Ich bin nicht nur eine Angestellte, sondern auch deine Familie."

"Ich habe dich lieb, danke. Wir sollten uns jetzt allerdings beeilen, denn ich möchte heute Max und Kim die Nachricht überbringen, dass uns Mr. Black eine Weile über die Schulter schaut."

Als wir an der Kneipe ankommen, ist es noch früh am Nachmittag, aber es sind alle da, auch der geheimnissvolle Patrick Black. Ich gehe zu meiner Freundin und stehe jetzt genau zwischen ihr und Max. Gegenüber von mir steht er. Sein intensiver Blick brennt sich in meine Brust. Beth begrüßt alle freundlich: "So da wir ja nun alle da sind, möchte ich euch gerne jemanden vorstellen, zu meiner rechten, seht ihr Mr. Black, er ist hier bei uns, um mir bei einigen finanziellen Angelegenheiten zu helfen, aber keine Sorge, es ist nichts Schlimmes, nur etwas Organisatorisches, wo ich nicht so viel Ahnung habe und ihn deswegen um Hilfe gebeten habe. Was ich noch sagen möchte ist, damit sich Mr. Black einen besseren Überblick verschaffen kann, wird er euch eine Weile über die Schulter schauen, wie ihr arbeitet, angefangen bei Mar,a was ich gestern schon mit ihr besprochen habe." Der Gedanke gefällt mir immer noch nicht so gut, aber was will ich machen? Wenn ich hier jetzt einen Aufstand mache, dann werden die anderen beiden auch skeptisch und das will ich nicht, also werde ich mich wohl oder übel fügen müssen. "Ich gebe jetzt das Wort an Mr. Black weiter."

"Meine Lieben, Beth hat ja bereits alles gesagt, dass, was ich jedoch noch hinzufügen will, ist, dass ihr mich gerne Patrick nennen dürft und wenn ihr irgendwelche Fragen habt, dürft ihr gerne zu mir kommen, ansonsten muss ich sagen, dass, was ich bisher gesehen habe, ist, dass ihr eine eingespielte Truppe seid. Danke." Alle anderen geben Applaus, aber für was? Diese Anspache war doch nur freundliches Gelaber. Ich weiß nicht, warum, aber irgendwie habe ich das Gefühl, ich muss bei ihm vorsichtig sein

und kann ihm nicht so leicht trauen. Mal schauen, ob sich mein Gefühl bestätigt. Wärend alle anderen schön weiter klatschen, drehe ich mich um und will hinter die Theke gehen, um dort, so wie jeden Tag, den Restmüll vom Vortag weg zuräumen. Ganz in meinem Element erledige ich meine Aufgaben. Zum Schluss will ich noch die Eiswürfel auffüllen. Ich drehe mich zum Kühler um, als ich gegen etwas Hartes stoße, was mich augenblicklich zurückwirft, doch es packen mich zwei muskulöse starke Arme und halten mich fest, sodass ich nicht doch noch auf meinen Po falle. Ich hebe meinen Kopf und blicke in die dunklen Augen, die mich gestern so magisch angezogen haben. "Ich dachte, ich sollte dir über die Schulter schauen und als ich das machen wollte, warst du auch schon weg."
"Ich dachte nicht, dass du mir bei der Vorbereitung auch zusehen willst, sondern nur bei meiner eigentlichen Arbeit."

"Was ist denn deine eigentliche Arbeit?" auf diese Frage kann ich ihm nicht mal eine Antwort geben, denn dies gehört ja eigentlich auch dazu, genauso wie Abends das Bedienen. Nach längerer Zeit fällt mir auf, dass er mich immer noch im Arm hält, was mich nervös schlucken lässt. Denn seine Hitze geht mir bis unter die Haut und löst bei mir ein Gribbeln aus, ich lasse mir dies aber nicht anmerken. "Da du ja nun schon da bist, kannst du mir ja jetzt dabei zusehen, wie ich meine Arbeit mache, obwohl ich ja schon fast fertig bin." Auch ihm ist mitlerweile aufgefallen, dass er mich immer noch festhält, denn er räuspert sich und lässt mich los, sobald er merkt, dass ich wieder sicher auf den Beinen stehe.

Endlich fertig mit meinen Aufgaben, will ich zu meiner Tante gehen und ihr bescheid sagen, dass ich schnell nach Hause fahre, um mich frisch zu machen und mir andere Sachen anziehen möchte. Ich will mich gerade auf den Weg machen, als ich Patrick hinter mir fragen höre. "Bist du schon fertig?"

"Ja, ich habe alles erledigt, will zu Beth gehen, um ihr zu sagen, dass ich schnell nach Hause fahre."

"Warum?, was willst du zu Hause?" Diese Frage irritiert mich aber jetzt, denn was geht ihm das an?. Er soll mich auf der Arbeit beobachten und nicht auch noch meinen Wachhund spielen. "Das geht dich zwar nichts an, aber ich will mich frisch machen, weil ich stinke."

"Ich kann dich doch schnell fahren und außerdem, nein, du stinkst gewiss nicht."

"Ich kann alleine fahren."

"Nein, ich werde dich fahren, ich sag deiner Tante bescheid, keine Widerrede." Bockig, wie ein kleines Kind überkreuze ich die Arme und presse meine Lippen zu einer dünnen Linie zusammen. Ich weiß, dass ich gegen so einen wie Patrick nicht ankommen werde, denn anscheinend ist es der gute Herr nicht gewohnt, wenn man Nein zu ihm sagt. Kurze Zeit später kommt er wieder zu mir. "Hab alles geklärt, wir können fahren." Ich nicke ihm bloß zu, denn auf reden habe ich jetzt wirklich keine Lust.

Als wir die Kneipe verlassen, steht ein schwarzer Mercedes mit getönten Scheiben auf dem Parkplatz, und ich kann nur erahnen, wie teuer dieses Auto wohl sein mag. Ich spüre seine Hand in meinem Kreuz, als wir uns dem Wagen nähern und wieder einmal steigt die Hitze durch meinen Körper und wandert direkt zwischen meine Beine. Wo kommt diese Reaktion denn plötzlich her? Er hält mir die Beifahrertür auf, ich steige ein und warte, bis er um das Auto herrum geht und sich auf den Fahrersitz setzt. Bevor ich ihm auch nur sagen kann, in welche Richtung er fahren soll, fädelt er sich auch schon in den Verkehr ein. Woher kennt er meine Adresse? Wahrscheinlich hat er Beth gerade danach gefragt, als er ihr gesagt hat, dass er mich nach Hause bringt.

Zehn Minuten später halten wir vor dem Haus, ich will gerade aussteigen, da merke ich, dass die Autotür aufgeht und er darauf wartet, dass ich aussteige. "Ich werde mit reinkommen und drinnen warten, keine Widerrede." Was hat er bloß immer mit seinem blöden, keine Widerrede, ich bin doch kein kleines Kind mehr. Aber anscheinen hat er gemerkt, dass mir ein dummer Kommentar auf der Zunge lag. Wir gehen die Stufen zum Haus hoch und schon wieder legt er mir seine Hand ins Kreuz. Diese Geste scheint wohl zur Gewohnheit zu werden. "Ich gehe schnell unter die Dusche, in der Küche findest du was zum trinken und warten kannst du dann im Wohnzimmer." Auch hier gehe ich die Stufen hoch, aber diesmal nehme ich zwei auf einmal, weil ich es nicht erwarten kann endlich weit genug von ihm weg zu kommen. Als ich im Bad angekommen bin, lehne ich mich erst einmal gegen die Tür und atme tief ein und wieder aus. Was soll das alles, wieso reagiert mein Körper so auf ihn, wenn er mich berührt? Das darf nicht sein. Ich drehe den Wasserhahn auf und stelle die Temperatur auf heiß, dann ziehe ich mich langsam aus und steige unter das viel zu heiße Wasser, nur um meinen Körper zu betäuben, dass er nicht mehr diese verräterische Hitze produziert, wenn er in meiner Nähe ist.

Nach dem Duschen schnappe ich mir ein Handtuch und wickel mich darin ein, bevor ich mich vor den Spiegel stelle, um mich zu schminken, da fällt mir allerdings auf, dass ich meine Kosmetikartikel in meinem Zimmer habe, weil ich mich letzte Nacht darin abgeschminkt habe. So ein Mist aber auch. Ich will gerade aus dem Bad gehen, als ich schon wieder gegen eine harte Brust renne, was nur eins bedeuten kann. Ich wage es meinen Kopf zu heben und schaue geradewegs in diese dunklen Augen, die jetzt aber anders aussehen als sonst. Ich kann diesen Ausdruck nicht beschreiben, ist es Lust? oder Ärger? oder

vielleicht auch beides? Bevor ich jedoch fragen kann, was er hier oben, genauer gesagt, direkt vor der Badezimmertür sucht, hat er auch schon seine Lippen auf meine gelegt und küsst mich, wie mich zuvor noch nie ein Mann geküsst hat. Meine Knie werden weich und mein Handtuch fällt zu Boden. Als mein Körper droht zusammenzubrechen, packt er mich mit beiden Händen unterm Po und hebt mich hoch. Automatisch schlinge ich meine Hände um seinen Nacken und meine Beine um seine Hüften. Er trägt mich in Richtung Schlafzimmer, öffnet die Tür und schließt sie dann wieder, bis er mich an die Wand drückt und mich daran festkeilt. Er schaut mir tief in die Augen und jetzt sehe ich, was sich darin wiederspiegelt.
Es ist die pure Lust, die darin zu erkennen ist. Langsam kommt sein Gesicht meinem Ohr näher, bis ich ihn flüstern höre: "Ich weiß gar nicht, wie lange ich auf diesen Moment gewartet habe.

# Kapitel 3

***Patrick fünf Jahre zuvor***

*Ich stehe mit meinem Auto vor der Uni, um meinen Bruder Cal abzuholen und da sehe ich sie. Mit ihren langen braunen Haaren, die in der Sonne, wie geschmolzene Schokolade aussehen. Sie redet gerade mit einer Freundin und ich sehe sie lachen und wieder einmal wünsche ich mir, dieses Lachen in echt hören zu dürfen...*

## *Gegenwart*

"Ich weiß gar nicht, wie lange ich auf diesen Moment gewartet habe." Langsam gehe ich mit ihr auf meinem Arm in Richtung Bett und lege sie behutsam darauf, sie sieht aus, wie eine Königin, wie sie nackt und ausgetreckt darauf liegt und nur darauf wartet, was als nächtes passiert. Ich stelle mich an den Rand und schaue ihr dabei tief in die Augen, sie trägt dieses Leuchten darin, aber auch gleichzeitig ein Feuer, dass mir sagt, dass sie es genauso will wie ich. Ich ziehe mein Hemd langsam aus und mein Schwanz wird immer härter in meiner Hose. Er drückt schmerzhaft gegen den Reißverschluss. Ich gehe zwischen ihren gespreizten Schenkeln, dann zu ihr hoch, bis ich ihr Gesicht erreiche und meine Lippen auf ihre drücke, um sie innig zu küssen. Meine Hände erkunden währenddessen ihren Körper. Angefangen bei ihren festen Brüsten, die perfekt in meiner Hand liegen, dann wandern sie weiter über ihren Bauch hinab, bis zu der Stelle, wo sich ihre Beine teilen und ich dringe mit zwei Fingern in sie ein. "Du bist so feucht und so bereit für mich." Ein leises Stöhnen entkommt ihren Lippen. Ich kann nicht mehr länger warten, ich habe schon viel zu lange darauf gewartet. Ich streife mir meine Hose und Boxershorts von den Beinen, bringe meinen Schwanz in Position und dringe dann mit einem kräftigen Stoß in sie hinein. Es fühlt sich tausendmal besser an, als ich es mir je erträumt habe. Ich weiß, ich bin jetzt schon süchtig nach ihr. Stoß für Stoß bringe ich sie an den Rand eines Orgasmus. Ich merke, wie sie sich um mich herum verkrampft und bin selbst kurz davor zu kommen. Lange wird es definitiv nicht mehr dauern. Ich greife mit meinem Zeigefinger und Daumen nach einer ihrer aufgerichteten Brustwarzen und kneife leicht hinein, was ihr einen Schrei, aber auch gleichzeitig ein Stöhnen entringt, und dann kommt sie mit meinem

Namen auf den Lippen zum Höhepunkt, ich habe noch nie etwas schöneres gehört. Ich brauche noch ein, zwei Stöße mehr bis auch ich endlich meine Erlösung finde und gebe ihr alles, was ich habe.

Schwer atmend liegen wir beide neben einander, bis ich mich aufrichte, um mich anzuziehen. Ich könnte so stundenlang mit ihr da liegen, aber ich will nicht, dass ihre Tante sich Sorgen macht, weil wir so lange brauchen. "Wo willst du hin?"

"Wir haben nicht mehr viel Zeit, wir sollten uns fertig machen und wieder in die Kneipe zurückfahren, bevor deine Tante noch einen Suchtrupp losschickt, weil sie sich Sorgen macht, wo du bleibst."

"Das war es also für dich? Ein rein, raus und dann fertig? Wolltest du deswegen mitkommen, weil du mich die ganze Zeit nur ficken wolltest?" Ich höre ihre Worte, sie ist so rasend vor Wut, weil sie wirklich denkt, dass ich nur das von ihr will, einmal Ficken und dann fertig? Ja, so war ich bei den anderen Frauen, aber niemals bei ihr. So schnell, wie ich kann, springe ich zu ihr, greife nach ihrem Arm, um sie zu mir zuziehen, sodass sie mir nicht abhauen kann. "Wer sagt, dass das hier das letzte Mal sein wird? Das ich dich, wie du so schön sagst, nur ficken werde?" Mit einem Entsetzen in den Augen schaut sie mich an und es hat ihr eindeutig die Sprache verschlagen, denn sie öffnet ihren Mund und macht ihn sofort wieder zu. "Und jetzt zieh dich an und mach dich frisch, dass wir fahren können." Mit diesen Worten drücke ich ihr noch einen letzten Kuss auf die Lippen, um meiner Aussage ein bisschen die Strenge zu nehmen. Dann stehe ich auf und verlasse das Zimmer, um ihr Zeit zu geben sich in Ruhe anzuziehen. Ich warte unten in der Küche auf sie und so lange, wie sie braucht, nehme ich mir die Zeit, noch einmal das Geschehene in meinem Kopf zu sortieren. Ich habe sie gewonnen, ich habe sie beobachtet, meinen richtigen Zeitpunkt gefunden, um sie mir zu holen. Ich wollte sie schon seit fünf Jahren, seitdem ich meinen Bruder von der Uni geholt habe und sie vor mir stand, wollte ich sie. Jetzt habe ich sie und es soll sich nur einer wagen, sie mir wieder wegzunehmen. Aber wie zum Teufel stelle ich es an? Ich will nicht, dass dies das letzte Mal gewesen ist, dafür war es zu fantastisch und sie ist mir jetzt schon wichtiger als alles andere. Ich muss sie für mich gewinnen und das mit Haut und Haaren. Ich bin ratlos und das bin ich nicht oft in meinem Leben, denn normaler Weise bekomme ich alles, was ich will. Ich brauche nur mit dem Finger schnipsen und schon habe ich die schönsten Frauen auf der Welt, die alles machen, was ich von ihnen verlange. Aber die schönste Frau die ich haben will, ist oben in ihrem Zimmer und sie darf niemals erfahren, wie ich auf sie aufmerksam geworden bin. Niemals. Ich hätte auch damals einfach zu ihr gehen können, um sie um ein Date zu fragen, aber das bin ich nicht. Ich habe noch nie eine Frau um etwas bitten müssen, denn die Frauen sind immer zu mir gekommen. Und außerdem, wie hätte ich das anstellen sollen? Einfach zu ihr gehen und sagen: Hey, hast du Lust mit mir was trinken zu gehen? Ich möchte dich gerne kennenlernen." Nein, dass hört sich nicht nach einem Mann an, wie ich es einer bin. Ich frage nicht, ich nehme einfach und da wäre dann noch der Altersunterschied gewesen. Sie war damals wie alt? 23 und ich 30. Gut, jetzt ist der Altersunterschied immer noch der Gleiche, aber sie ist nicht mehr auf der Uni und auch nicht mehr die Gleiche, wie damals und der Zeitpunkt wäre auch nicht gut gewesen. Nachdem was ich von ihrer Tragödie gehört habe, dass sich ihrer Mutter umgebracht hat und ihr Vater dann einfach gegangen ist, weil er damit nicht umgehen konnte. So ein Feigling, lässt seine eigene Tochter alleine, nur, weil es ihm zu viel wird. Was war mit ihr? Daran hat er nicht gedacht. Zum Glück war und ist ihre Tante für sie da.

## *Kapitel 4*
**Mara**

Ich bin immer noch ganz wackelig auf den Beinen. Was war das alles gerade? Ich habe jetzt nicht wirklich mit Patrick Black geschlafen? Das darf nie wieder passieren, aber ich muss die ganze Zeit an seine Worte denken. Wer sagt, dass das hier das letzte Mal sein wird? Das ich dich, wie du so schön sagst, ficken werde. Himmel Vater auf was habe ich mich hier eingelassen, wie komme ich aus dieser Sache nur wieder raus? Als ich die Treppe runtergehe, sehe ich ihn im Wohnzimmer auf und ab wandern und frage mich, was er wohl gerade denkt? Ob er das Gleiche denkt wie ich oder bereut er das Ganze etwa schon? Dies ist kein schöner Gedanke. Ich habe zwar zu mir selbst gesagt, dass das nicht mehr vorkommen wird, aber bereuen tue ich kein bisschen davon, denn dafür war es einfach nur hammermäßig. Bevor ich mir die Frage selbst beantworten kann, entdeckt er mich und kommt auf mich zu. "Bist du fertig?" Ich kann nur noch mit dem Kopf nicken, denn für eine Antwort fehlt mir gerade die Sprache. Mit einem langen Kuss und einer kurzen aber kräftigen Umarmung dreht er mich in Richtung Tür und gibt mir so zu verstehen, dass wir aufbrechen und zurück zur Kneipe fahren.

Auf der Rückfahrt herrscht im Auto Stille, keiner sagt was und das ist mir auch recht so, denn jetzt kann ich meinen Gedanken wieder freien Lauf lassen. Viel zu schnell sind wir wieder zurück. Er steigt aus, geht um das Auto und hält mir die Tür auf, sodass ich aussteigen kann, jedoch ohne seine Hand zu ergreifen. Ich will keine Gelegenheit mehr dazu bekommen diese verräterische Hitze in mir zu spüren, die unweigerlich von seiner Berührung ausgelöst wird. Ich muss irgendwie auf Abstand gehen. Ganz so erfreulich findet er das allerdings nicht, dass ich die Geste, seine Hand zu ergreifen, ingnoriert habe. Tja, da hat er wohl pech gehabt.

Im Inneren angekommen, sehe ich sofort Tante Beth auf mich zukommen: "Wo wart ihr denn solange? Die Gäste kommen gleich und heute sieht es so aus, als hätten wir alle Hände voll zu tun.", fragt sich mich etwas azfgebracht "Ich konnte mein Handy nicht finden und die Suche danach hat etwas länger gedauert", lüge ich meine Tante an, denn sie darf über das, was mit Patrick und mir passiert ist, nie erfahren.

Eine halbe Stunde später ist es wie Beth gesagt hat, der Laden ist brechend voll und ich komme kaum dazu etwas zu trinken, was mir allerdings nicht gut bekommt, denn es kündigen sich Kopfschmerzen an. Perfekt, als ob der Tag nicht noch besser laufen könnte. Als ich mich umdrehen will, um die Gläser einzuräumen, die ich gerade aus dem Geschirrspühler genommen habe, entdecke ich Patrick hinter mir, der mir ein Glas Wasser reichen will.

"Hier trink, ich habe gesehen, dass du den ganzen Abend noch nichts getrunken hast."
"Beobachtest du mich etwa?", gebe ich ihm eine pampige Antwort zurück. Das Einzige, was jedoch von ihm zurück kam,ist jedoch nur: "Trink, ich mache mir Sorgen, dass du sonst umkippst." Da ich wirklich Durst habe, nehme ich ihm das Glas dankend ab, weil er ja auch wirklich recht hat, denn wenn ich jetzt nichts trinke, werden meine Kopfschmerzen noch stärker und ich kippe hier wirklich noch aus den Schuhen. Ich kann ihn jetzt noch weniger einschätzen als zuvor, obwohl was zwischen uns gelaufen ist, werde ich trotzdem das Gefühl nicht los, dass bei der ganzen Sache etwas nicht stimmt. Ich darf mich von der Anziehungskraft die er bei mir hervorruft, nicht ablenken lassen.

Der Abend verläuft stressig, aber ohne irgendwelche Vorkommnisse, also hat auch Max heute einen ziemlich ruhigen

Abend. Zu kaputt, um noch einen weiteren Schritt machen zu können, will ich mich auf den Weg zu meiner Tante begeben, bis mir Patrick über den Weg läuft. "Wo willst du hin? Ich war gerade bei Beth und habe mit ihr abgemacht, dass ich dich nach Hause bringe, weil sie wieder länger arbeiten muss, Abrechnung und so, das kennst du ja. Falls das für dich in Ordnung ist?"
"Bist du jetzt neuerdings mein Bodygard? Falls es dir noch nicht aufgefallen ist, ich bin eine erwachsene Frau und kann selbst für mich entscheiden." Eigentlich will ich ja gar nicht so pampig zu ihm sein, denn er will ja auch nur helfen.
"Ich werde dich nach Hause bringen, entweder du fügst dich freiwillig oder aber ich trage dich aus dieser Kneipe und bringe dich eigenhändig ins Bett, ob du dann allerdings schlafen kannst, dass kann ich dir nicht versprechen." Ich weiß nicht was ich darauf erwidern soll, denn seine Worte lassen eindeutig erahnen, dass er nicht scherzt. Ich finde es

beängstigend, aber zugleich machen sie mich auch an, wie dominant er mit mir redet. Ich habe gar nicht gewusst, dass ich auf so etwas stehe, aber die Hitze und die Feuchtigkeit zeigen mir, dass es wohl doch so ist. Aber ich will ich ihn provozieren, ich schau ihm tief in die Augen, drücke meinen Rücken durch und recke ihm mein Kinn entgegen, bevor ich ihm sage: "probiers doch."

Auf dem Absatz drehe ich mich um und will gehen, als er mich hochnimmt, über seine Schulter wirft und aus der Kneipe trägt. Er geht über den Parkplatz zu seinem Auto, öffnet die Beifahrertür und schmeißt mich fast ins Innere des Wagens. Sprachlos wie ich bin kann ich einfach nur schlucken und zusehen, wie auch er ins Auto steigt. Ich kann nicht glauben, dass er das wirklich durchzieht. Ich bin aufgeregt und freue mich auf das, was als nächtes passiert. Scheiß auf das, dass sowas nicht nochmal vorkommen soll. Ich will ihn und wenn es nach mir gehen würde, jetzt sofort, hier auf der Stelle.

Während der Fahrt werde ich immer feuchter, als wir endlich ankommen, kann ich es kaum erwarten, was als nächtes passiert und genauso wie er mich aus der Kneipe getragen hat, so trägt er mich jetzt auch in das Innere des Hauses. In meinem Schlafzimmer angekommen, legt er mich aufs Bett und stürzt sich schon fast auf mich. Wie ein Jäger auf seine Beute. Er küsst mich leidenschaftlich, reißt mir die Bluse vom Leib und beißt mir dann in meinen Hals, eine Gänsehaut breitet sich an meinem Körper aus und macht mich zwischen meinen Schenkeln noch feuchter, was schon fast unmöglich ist, denn ich war bereits auf der Fahrt schon so feucht, dass ich spürte, wie es aus mir herauslief. Er geht weiter nach unten, klappt meine Körbchen vom BH nach unten und saugt meine Brustwarze die bereits aufgerichtet ist, in den Mund, bis er auch dort leicht hineinbeißt. Es entkommt mir ein ungewolltest Stöhnen über die Lippen. "Du schmeckst so gut Mara, ich kann es kaum erwarten dich noch woanders zu kosten." Alleine schon von seinen Worten könnte ich jetzt kommen. Von meiner Brustwarze aus, wandert er mit seinen himmlischen Lippen weiter nach unten bis hin zu meiner Hose. Er hält kurz inne, um sie mir auszuziehen, bevor er meinen Slip zerreißt. "Ich kann sehen wie feucht du für mich bist, wie für mich geschaffen, ich werde dir so viel Lust bereiten, dass du meinen Namen schreist und dann bei mir darum bettelst, dich endlich zu ficken." Ich liebe seine direkten Worte, bisher haben die Männer mich immer nur mit Samthandschuhen angefasst, aber er weiß, wie man eine Frau um den Verstand bringt. Als er seinen Kopf zwischen meine Schenkel gleiten lässt und meinen Kitzler zwischen die Lippen nimmt, leicht daran saugt und mit seiner Zunge darum spielt, kann ich mich kaum noch zusammenreißen. Ich will meine Schenkeln zusammen pressen, dass ich den Druck ein bisschen lindern kann, aber er hält mich davon ab. "Probier es gar nicht erst. Du wirst schön aushalten und es genießen, wie ich dich lecke und du kommst erst, wenn ich es dir sage, denn ich bin noch nicht fertig mit dir, dass war erst der Anfang von dem, was ich noch alles mir dir machen werde." Wie bitte was, wie soll ich denn das anstellen, ich bin jetzt schon kurz davor und dann kommt der Idiot mit so einem Scheiß… doch lange kann ich nicht darüber nachdenken, denn ich spüre, wie er mir zwei Finger hineinschiebt und meinen Kitzler weiter mit der Zunge bearbeitet. "Oh Gott, bitte lass mich kommen, ich halte es nicht mehr aus." Das Einzige, was jedoch von ihm kommt ist ein Knurren und ein kehliges Lachen. "Schsch, nicht so eilig. Ich werde dir schon noch beibringen, geduldig zu sein." "Das glaubst auch nur du." Für meine Antwort bekomme ich einen leichten Schlag auf mein Zentrum, was mir einen

Schrei entlockt und gleichzeitig ein Stöhnen. "Bitte fick mich endlich, bitte!
"Geduld Baby, Geduld." Ich bekomme nur noch am Rande mit, was er zu mir sagt, denn seine Finger bewegen sich immer schneller in mir, sodass ich mich um sie herum zusammenkrampfe. "Jetzt Baby, komm für mich" und sobald er die Worte ausgesprochen hat werde ich in eine andere Welt katapultiert und explodiere um seine Finger herum. Nachdem sich meine inneren Wände langsam wieder beruhigt haben, kommt er zu mir hoch, nimmt seine Finger in den Mund und leckt meine Erregung ab. Ich habe so nie sowas geiles gesehen. Mit einem Ruck stößt er in mich hinein und es fühlt sich wieder so gut an, seinen Schwanz in mir zu haben. Sobald sich mein Körper beruhigt hat, entlädt auch er sich in mir.
Beide schwer atmend, liegen wir wieder auf meinem Bett, wie auch am Morgen und ich habe mir eigentlich geschworen, dass es eine einmalige Sache war und

nicht wieder vorkommen soll. Was mache ich denn jetzt, ich kenne diesen Mann eigentlich gar nicht und bin jetzt schon zum zweiten Mal mit ihm in der Kiste gelandet. Ich muss schauen, dass ich mehr über ihn heraus finde. Nach einer kurzen Verschnaufpause, drehe ich mich zu ihm, um in sein Gesicht zu schauen. "Was machst du eigentlich beruflich?" Ich rechne eigentlich schon damit, dass er mir nicht antworten wird, weil er so lange schweigt, bis auch er sich umdreht, um mich anzuschauen. "Ich besitze mehrere Casinos und Immobilien, aber das wusstest du doch bestimmt schon aus dem Internet." Entsetzt reiße ich die Augen auf. "Woher weißt du das !"

"Woher ich das wusste? Mara, ich weiß alles, das solltest du dir schnell merken. Interessiert dich sonst noch etwas, wenn wir schon mal dabei sind?"

"Woher kennst du meine Tante?"

"Ich kenne sie nicht in dem Sinne, wie du das denkst, ich helfe ihr nur bei etwas."

"Wieso hilfst du ihr bei finanzielleich Sachen?"
"Das solltest du sie besser selber fragen, es liegt nicht in meiner Hand dir über so etwas Informationen zu geben"
"Aber bei was sollst du ihr denn genau helfen? Ich dachte die Kneipe läuft gut, und wenn du Casinos und Immobilien besitzt, was willst du dann finanztechnisch in einer Kneipe helfen?"
"Genug jetzt mit der Fragerei." Mit diesem Satz kommt er zu mir gerutscht und will sich gerade an mich kuscheln.
"Wie du willst hier bleiben, die ganze Nacht?"
"Das hatte ich eigentlich vor. Ich dachte, du willst dieses rein raus nicht haben oder hatte ich da beim letzten Mal etwas falsch verstanden? und jetzt komm her!"

Als ich am nächsten Morgen aufwache, tut mir alles weh, was ich meinen Körper nicht mal übelnehmen kann. Wann hatte ich das letzte Mal so einen verflucht geilen Sex? Ich glaube noch nie. Als ich

mich umdrehen will, um denjenigen zu suchen der mir die besten Orgasmen meines Lebens beschert hat, ist alles, was ich finden kann eine leere Seite. Ich stehe auf, schnappe mir meinen Bademantel und mache mich auf den Weg nach unten, um ihn zu suchen. Auf der vorletzten Stufe bleibe ich jedoch stehen, weil mir der Geruch von Eiern, Speck und auch Kaffee entgegen kommt. "Willst du da die ganze Zeit rumstehen oder möchtest du auch etwas essen?" Leicht erschrocken komme ich wieder zu mir und habe gar nicht gemerkt, wie lange ich schon auf der Treppe stehe." Und übrigens hoffe ich, dass du unter diesem Bademantel nichts trägst, denn ich hatte vor, dich nach dem Frühstück wieder ins Bett zu bringen."
"Aber ich muss in die Kneipe und meiner Tante helfen alles vorzubereiten, da ich ja gestern schon abgelenkt wurde und nicht mit helfen konnte."
"Ich habe sie schon angerufen, um ihr zu sagen, dass du etwas später kommst."

Hätte ich mir ja auch eigentlich denken können, dass er das gemacht hat. Er nimmt mich an die Hand und wir gehen beide gemeinsam zum Esszimmer, um das Frühstück zu geniesen, was ich hoffe, genauso gut schmeckt, wie es riecht. Nachdem ersten Bissen kann ich es bestätigen. "Wow, das schmeckt gut, woher kannst du kochen?"
"Das sind doch nur Eier, Speck und Toast."
"Das sagst du, mein Ex-Freund hat es sogar geschafft, Reis in so einem Beutel anbrennen zulassen, weil … " weiter komme ich nicht mit meinem Satz, denn von Patricks Kehle kommt ein Knurren rüber, dass es selbst den stärksten Löwen in die Flucht geschlagen hätte. "Ich möchte nichts über irgendwelche Ex-Freunde von dir erfahren, hast du das verstanden?" Ich kann nur mit dem Kopf nicken, weil ich Angst habe, dass er sonst über den Tisch springt und mich zu Boden reißt und was dann passiert, will ich mir nicht vorstellen, denn so wie er

gerade aussieht. "Ich sagte, hast du mich verstanden, Mara? Denn wenn ja, dann will ich eine Antwort hören."

"Ja, ich habe dich verstanden." Mit der Antwort anscheinend zufrieden, widmet er sich weiter seinem Essen, als wenn gerade nichts gewesen wäre. Was war das denn gerade, er kann doch nicht ernsthaft eifersüchtig sein, das ist schon Jahre her und schließlich sind wir ja auch gar nicht zusammen. Aber was sind wir eigentlich?

# Kapitel 5

## *Patrick drei Jahre zuvor*

*Wie jeden Abend ging ich auch heute durch das Casino, um nach dem Rechten zu schauen. Da sah ich ihn, an meinem Tisch, dieses verdammte Arschloch. Er hat sich ungefähr vor einem Jahr einen scheiß hohen Kredit bei meiner Casino Bank geliehen, den er bis heute nicht zurückgezahlt hat. Jetzt sitzt er hier, an meinem Tisch, in meinem Casino, mit meinem Geld und spielt Poker. Die Wut stieg immer weiter an, da bemerkte ich, dass ich mich schon in Bewegung gesetzt habe und mit geballten Fäusten auf ihn zulief. "Du widerliches Arschloch." Christopher Sheppert riss die Augen auf, als ich ihm am Kragen gepackt habe und ihn mit einer einzigen Bewegung vom Stuhl gerissen habe. "Hey, man, Patrick, was soll das? Du weißt, ich*

würde dich nie bescheißen, ich bin dein bester Spieler."
"Woher hast du das Geld, wenn du mir den scheiß Kredit immer noch nicht zurückgezahlt hast? Wie kannst du dann hier sitzen und an meinem Tisch spielen?
"Ich kann dir alles erklären, lass mich bitte los und lass uns normal reden."
Ich war so wütend, dass ich ihm schon eine reinhauen wollte. Meine Faust hob sich langsam und war kurz davor in sein Gesicht zu krachen, als er einen Namen nannte. Den Namen, bei dem sofort meine Wut verflog und ich dann die Faust sinken ließ, genauso wie ich Christopher auf den Boden abstellte. Dann sagte er den Namen, der sich seit unserer Begnung in mein Herz brannte, "Mara Sheppert!" "Was ist mit ihr?"
"Du entlässt mir all meine Schulden und kannst dafür meine Tochter haben. Ich weiß, wie du sie immer ansiehst. Ich weiß, wie du für sie empfindest." Es war unmoralsich, es

*war unmenschlich, es war frauenverachtend. Das Arschloch, was ich aber nun mal bin, sagte dennoch mir nichts dir nichts einfach "JA" zu diesem Angebot. So nahm das Schicksal seinen Lauf. Der Preis war, die wundervollste Frau die ich schon seit so langer Zeit für mich beanspruchen will. Die ich schon seitdem ersten Augenblick an, haben will. Die mir alles bedeutet. Jetzt gehört sie mir durch den Handschlag ihres Vaters, nur weiß sie von ihrem Glück noch nichts, aber dass wird sie schon noch früh genug mitbekommen.*

## *Gegenwart*

Ich kann nicht glauben, wie ich gerade reagiert habe, als sie mir von ihrem Ex Freund erzählen wollte. Ich bin normalerweise nicht eifersüchtig, aber bei ihr hat sich das anscheinend geändert. Ich will nicht, dass sie an andere Kerle denkt und erst recht möchte ich nicht, dass sie jemals wieder ein anderer Mann bekommt. Sie gehört jetzt mir, dass muss jetzt nur noch ihr klar werden, aber dafür werde ich schon sorgen. Wir genießen weiter unser Frühstück, als sie ihre Gabel auf die Seite legt und ihren Teller wegschiebt, obwohl er noch nicht leer ist.
"Was ist das eigentlich zwischen uns" damit hätte ich jetzt nicht gerechnet.
"Was meinst du genau?"
"Na, das alles, ich meint wir waren miteinander im Bett, gerade hattest du einen Eifersuchtsanfall ohne irgendeinen Grund. Sind wir jetzt zusammen oder ist das nur so eine Bettgeschichte?" Der Zeitpunkt kommt früher als gedacht, dass

sie erfährt, dass sie zu mir gehört. "Dies ist nicht nur irgendeine Bettgeschichte, du gehörst mir, Mara. Das sollte dir schon mal klar werden und ich habe nicht vor, dich gehenzulassen. Ich hoffe, ich konnte deine Frage beantworten?" Sie ist sprachlos, nur weiß ich jetzt nicht, ob das gut oder schlecht ist. "Bist du fertig mit deinem Essen?"

"Ja, ich habe keinen Hunger mehr. Danke für das Frühstück, es war wirklich sehr lecker." Mit einem Grinsen im Gesicht, weil sie mir ein Kompliment gemacht hat, nehme ich die Teller und räume sie in die Spühle, als ich sehe, dass sie mich dabei skeptisch anschaut. "Das werde ich später wegräumen. Jetzt habe noch was vor mit dir, dass du auch ganz sicher sein kannst, dass du die Meine bist."

Ich nehme sie an die Hand und gehe mit ihr die Treppe hoch, als sie in Richtung Schlafzimmer gehen will, halte ich sie jedoch auf. "Ich hatte nicht vor mit dir ins Bett zu gehen."

Bevor sie auch nur ein Wort erwidern kann, nehme ich sie und trage sie ins Badezimmer. Vor der Dusche angekommen, nehme ich den Gürtel ihres Bademantels und öffne ihn, was ich darunter sehe, bringt meinen Schwanz dazu, hart zu werden. "Ich könnte dich den ganzen Tag lang beobachten, nackt und es würde mir langweilig werden." Ohne lange zu warten, zog ich ihr das grässliche Ding vom Körper. Ich drehe mich um, um das Wasser aufzudrehen, kontrolliere die Temperatur. Als ich zufrieden feststelle, dass diese optimal ist, steige ich mit ihr unter den Wasserstrahl. "Mh, ist das himmlisch."
"Dem kann ich nur zustimmen." Ich meine jedoch nicht das Wasser, was ich ihr aber nicht sage. Ich sehe an der Duschwand einen Luffaschwamm, den ich mir nehme und mit reichlich Duschgel einschäume. "Dreh dich um" sofort folgte sie meiner Anweisung, was nur zu meiner Zufriedenheit ist. Leicht drücke ich den Schwamm, damit sich das Duschgel

darauf besser verteilt, um sie dann einzuseifen. Ich genieße jeden Zentimeter von ihrer Haut. Langsam fange ich bei den Schultern an, gehe dann über ihren Rücken, bis hin zu ihrem knackigen Arsch, den ich nur allzu gerne erkunden würde. Meine Gedanken fangen an, ein Eigenleben zu entwickeln, was meinen Schwanz dazu veranlässt, noch härter zu werden. An ihrem Po verweilen meine Hände eine zeitlang, bis ich weiter nach unten gleite und mit dem Schwamm anfange, zwischen ihren Schenkeln zu reiben, was ihr ein Stöhnen entlockt. Ich muss sie mit meinen eigenen Händen berühren, also lasse ich den Luffaschwamm fallen und beginne langsam mit zwei Fingern in sie einzudringen. Sie ist so feucht und das liegt nicht daran, dass wir unter der Dusche sind. Ich fange an sie mit meinen Fingern zu fickern, beiße ihr in die Schulter, sie fängt an zu schreien, aber nicht wegen dem Schmerz, sondern weil es sie anmacht. Mit der anderen Hand lange ich um sie herum und fange an, ihre Brust zu kneten. Ihr Stöhnen wird immer lauter und schon wieder bin ich mehr als froh darüber, dass ihre Tante nicht im Haus ist. Es gibt nur Mara und mich und das ist das was zählt. Es reicht mir nicht, sie nur mit meinen Fingern zu verwöhnen. Ich muss in ihr sein. Ich will ihr zeigen, dass sie mir gehört und sie mit meinem eigenen Saft makieren. Ich bringe mich in Position und bevor sie auch nur einmal Luft holen kann, stoße ich zu und bin bis zum Anschlag in ihrer perfekten feuchten Muschi.

"Oh, Herr im Himmel". Mit schnellen Bewegungen bringe ich sie dazu, dem Orgasmus immer näher zu kommen. "Du gehörst mir und das schon seitdem ich dich das erste Mal gesehen habe." Ihr Stöhnen verwandelt sich jetzt in Schreien und ich merke, dass sie kurz davor ist, zu kommen. "Sag, dass du mir gehörst und keinem anderen." Ich kann sie kaum verstehen, weil wir beide zu sehr damit beschäftigt sind, nicht die ganze

Nachbarschaft zusammenzuschreien, doch das was ich höre, dass reicht mir schon vollkommen, um meinen ganzen Samen in sie zu spritzen. "Ich gehöre dir!"

Als wir mit dem Duschen fertig sind, lasse ich Mara alleine, sodass sie sich in Ruhe zurecht machen kann. Ich gehe ins Wohnzimmer um mein Handy zu suchen, denn ich muss dringend einen Anruf erledigen. Ich brauche einfach Zeit, um Mara ganz für mich zu gewinnen, denn ich merke, dass sie mir noch nicht ganz vertraut. Es klingelt genau zwei Mal bis Michael an sein Handy geht. "Hey Boss, was gibt es?"
"Kannst du mich auf den neuesten Stand bringen?"
 "Alles wie immer, keine Vorkommnisse, alles ruhig und die Einnahmen fließen auch"
"Gut, denn so wie es aussieht, werde ich noch eine Weile länger nicht vor Ort sein, kannst du weiterhin alles regeln?"

"Geht klar Boss, ich halte dich auf dem Laufenden."

Mit diesem Satz beendet Michael das Gespräch, genau rechtzeitig, denn ich höre Mara wie sie aus dem Bad kommt.

# Kapitel 6

*Mara*

Als wir fertig sind mit dem Duschen - oder wie man das auch nennen kann - ließ er mich alleine und schon fangen meine Gedanken wieder an, selbstständig zu werden. Mir geht das Frühstück nicht mehr aus dem Kopf, als er sagte, dass ich ihm gehöre, also sind wir jetzt sozusagen zusammen. Wie ich über das Ganze denken soll?, wenn ich das nur wüsste. Kann man denn so einfach in eine Beziehung rutschen, ohne dass man es eigentlich merkt? Ich will mir nicht mehr soviele Gedanken darüber machen, ich glaub, ich lasse es einfach mal auf mich zu kommen, nach dem Motto: Wird schon schief gehen. Vielleicht war ja auch meine erste Vermutung falsch, dass mit ihm irgendwas nicht stimmt und er ist wirklich nur hier um Beth unter die Arme zu greifen. Bleibt nur noch die Frage, woher kennt sie ihn?, aber das werde ich

schon noch raus finden. Als ich die Treppe hinunter gehe, sehe ich ihn, wie er an der Küchenzeile lehnt und in sein Handy schaut, als er mich bemerkt, schaut er zu mir. "Was wollen wir heute machen?", habe ich das gerade richtig verstanden? Mr. Black will was mit mir unternehmen?. "Hast du das gerade ernsthaft gefragt?"
"Wieso sollte ich das nicht ernst meinen? Ich möchte einfach was mir dir machen und dich besser kennenlernen, außerhalb vom Bett und der Arbeit. Ich will sehen, wer die echte Mara ist.", total sprachlos über seine Antwort weiß ich nicht mal was ich sagen soll. Als er merkt, dass ich kein Wort mehr sagen kann, macht er einen Vorschlag. "Wir könnten im Park spazieren gehen und dabei einen Kaffee trinken, was hälst du davon?"
"Dann musst du dir aber noch was anders anziehen oder hast du etwa nur Anzüge daheim?"
"Was passt dir denn an meinem Anzug nicht?", fragt er mit einem grinsen auf

dem Gesicht. "Aber nein, ich habe nicht nur Anzüge in meinem Kleiderschrank, wir fahren schnell zu mir, dann kann ich mir etwas freizeittaugliches anziehen."

"Darf ich jetzt etwa das Reich vom dunklen Mann sehen?"

"Das Reich vom dunklen Mann?Wie kommst du denn auf sowas?"

"Mh, wie soll ich das erklären? Du bist wie aus dem Nichts erschienen, kleidest dich immer nur dunkel und grau, dann habe ich dich noch nie in etwas anderem außer einem Anzug gesehen und dann noch deine Augen. Ich finde, ohne dass du mir das jetzt böse nimmst, sie ausdruckslos, sie strahlen nicht, nicht mal wenn du lachst."

"Dann musst du wohl genauer hinsehen Mara, denn wenn ich dich anschaue, egal ob ich mit dir im Bett bin oder dich einfach nur so anschaue, sind da sehr wohl Emotionen in meinen Augen. Denn dann fangen sie an zu strahlen. Wenn ich dich sehe, bekomme ich dieses Kribbeln am ganzen Körper und mir wird auf

einmal warm und dann wieder kalt. Willst du jetzt immer noch sagen, dass ich der dunkle Mann bin? Hat er das gerade wirklich zu mir gesagt, dass ist ja schon fast wie eine Liebeserklärung, ich bekomme Tränen in den Augen. Mit dem Daumen wischt er mir eine davon weg. "Nicht weinen!" Er nimmt mich in seine Arme und hält mich behutsam fest, als sei ich eine Porzelanpuppe, die zerbrechen könnte, wenn man zu fest drückt.
Auf dem Weg zu seiner Wohnung, schaue ich mir genau die Gegend an. Ich bin gespannt, wo er wohnt und vor allem, wie er lebt. Ob die Wohnung genauso in Schwarz und Grau gehalten ist wie er? oder finde ich diesmal ein bisschen Farbe.

Nach einer etwas längeren Autofahrt biegt Patrick in eine Auffahrt ein. Das Anwesen, was sich auf dem Grundstück befindet, ist ein etwas älteres aber nicht herunter gekommenes Haus, mit einem großen Garten dessen Rasen so grün ist, dass man meinen könnte, er ist angemalt.

Eine große Treppe führt zur Eingangstür und ich bin jetzt schon gespannt darauf, was mich drinnen erwartet.

Das Auto hält und Patrick hilft mir aus dem Wagen. Er schließt die Tür auf und ich gehe hinein und drinnen ist es sogar noch schöner als von außen. Wir gelangen in einen hellen, langen Flur. Auf der rechten Seite befindet sich eine offene große Küche, die jeden Wunsch einer Hausfrau bedient und auf der Linken ist das Wohn-Esszimmer mit einem Tisch an dem Locker zehn Personen sitzen können. In der Mitte des Wohnbereichs befindet sich eine weiße Ledercouch, die fast unberührt aussieht und an der Wand steht ein großer Kamin, an dem es bestimmt an den kalten Tagen gemütlich ist, wenn man in einer Decke eingekuschelt auf dem Boden sitzt, mit einem spannenden Buch in der Hand.

"Wow, ich weiß nicht, was ich sagen soll. Es ist nicht das, was ich mir vorgestellt habe. Hast du das alles eingerichtet?"

"Es ist mein Elternhaus, ich habe es lediglich nur von innen renoviert." Ich spüre, wie er auf mich zukommt, meine Haare zur Seite streicht und langsam anfängt, meinen Nacken zu küssen. Er beißt mir ins Ohrläppchen und zieht leicht daran, sofort merke ich, wie meine Knie weich werden und ich habe das Gefühl gleich umzukippen. Doch er hält mich mit seinen starken Armen fest, sodass es unmöglich ist, dass Gleichgewicht zu verlieren. "Soll ich mich jetzt umziehen oder willst du lieber hier bleiben? Ich wüsste einige Dinge die man machen kann und die bestimmt spannender wären als durch den Park zu gehen. Denn, da kann ich dich nicht nackt ausziehen und tief in dich einringen." Seine Worte lassen mich Feucht werden und nur zu gerne würde ich seinem Vorschlag sofort nachgehen, aber ich will es ihm nicht immer so leicht machen. "So gerne ich dem auch nachgeben würde, würde ich mich doch sehr freuen, auch mal außerhalb des Schlafzimmers, den

Patrick Black kennenzulernen, der du wirklich bist."

"Du kennst mich glaube ich, besser als jeder andere und wer hat denn gesagt, dass wir immer ins Schlafzimmer gehen müssen. Dieses Haus ist groß und da gibt es viele Möglichkeiten wie und wo ich dich verwöhnen kann." Okay, jetzt bin ich wirklich verloren, ich bin so feucht, dass es mir die Oberschenkel runter läuft. Wieso muss ich ausgerechnet heute einen Rock anziehen. Scheiß auf mein Vorhaben, ich will diesen Mann und zwar jetzt. Ich kann auch ein anderes Mal standhaft bleiben. "Dann zeige mir doch mal, was dieses Haus alles zu bieten hat." Alles was ich höre, ist ein knurren aus seiner Kehle und ich kann nur noch sehen, wie er auf mich zukommt und mich an die gegenüberliegende Wand drückt. Danach presst er seine Lippen auf meine und ich kann seine Errektion an meiner Mitte spüren. "Ich werde dir hier alles in dem Haus zeigen und dich in jedem gottverdammten Zimmer ficken, bis du nicht mehr weißt, in welchem wir es schon getrieben haben und in welchem noch nicht." Und mit diesen Worten trägt er mich zum riesigen Esstisch, legt mich drauf und dann küsst er mich wieder mit seinen unglaublichen Lippen. Langsam beginnen seine Hände auf Erkundungstur zugehen, bis sie an meinen Schenkeln angelangt sind. Mit seinen Finger schiebt er meinen Rock nach oben, "Wo ich dich in diesem Rock gesehen habe, wollte ich dich sofort ficken." Er geht mit dem Daumen unter dem Bund von meinem Slip und zerreißt ihn. Sein Blick fällt zwischen meinen Beinen, wo ich bereits feucht bin. "Ich kann riechen, wie erregt du bist und gleich werde ich es auch schmecken." Seinen Worten lässt er Taten folgen und wandert mit seinem Gesicht nach unten, um gleich darauf mit seiner Zunge an meinem Kitzler zu lecken. Ich kann mir ein stöhnen nicht verdrücken und probiere mich an der Kante vom Tisch festzukrallen. "Du schmeckst so gut, Mara." Weiter leckend, dringt er nun auch mit einem Finger in mich hinein. Es dauert nicht lange, da folgt der Zweite und Dritte, ich merk, wie sich meine inneren Muskeln um seine Finger zusammenziehen. Ich komme ihm mit meinem Becken entgegen, um so schneller zum Höhepunkt zukommen, obwohl ich will, dass das hier ewig andauert. Als er seine Finger krümmt ist es um mich geschehen und ich komme mit einem lauten Schrei auf seiner Hand. "Dreh dich um und beuge dich nach vorne über den Tisch. Ich will. dass du dich gut festhälst." Ich weiß nicht, was jetzt auf mich zukommt, dennoch tue ich das, was er von mir verlangt. "Du siehst so unglaublich aus, wenn du mir deinen Prachtarsch entgegenstreckst. Als nächstes will ich dich auf den Knien sehen." Er streicht mit der flachen Hand auf meinen Po entlang, bis ich sie nicht mehr spüre und dann bekomme ich einen Klapps auf den Hintern. Erschrocken will ich nach oben gehen, doch er legt mir seine Hand auf den Rücke und drückt mich wieder nach unten. "Vertrau mir, du wirst es genießen, das Spiel zwischen Lust und Schmerz." Mit seiner Hand streicht er mir wieder leicht über mein Hinterteil und kurze Zeit später, spüre ich einen weiteren Schlag, um so öfter er dies wiederholt, um so mehr genieße ich es. Am Anfang tut es weh, doch wenn der Schmerz weg ist, bleibt ein Kribbeln zurück, das sich sofort in Hitze verwandelt. "Dein Po hat jetzt eine so wundervolle Farbe. Ich habe noch nie etwas schöneres gesehen und jetzt werde ich dich hart nehmen." Ich kann nichts mehr darauf erwidern, denn schon ist er mit einem harten Stoß bis zum Anschlag in mir drin. Ich kann es nicht fassen, dass ich das alles genießen kann. Ich dachte eigentlich immer, dass ich eine Frau bin, die selber entscheiden will und sich nicht unterwerfen lässt, aber bei ihm ist das anders. Bei ihm will und genieße ich es sogar. Er nimmt mich wirklich so hart, wie er es gesagt hat, mit meinem Becken stoße ich immer wieder gegen die

Tischkante, das wird morgen bestimmt blau werden, aber das ist mir in dem Moment egal. Ich will einfach nur die Erlösung finden, die nur er mir schenken kann. Als er immer schneller zustößt, merke ich, wie ich mich um ihn herum zusammenziehe und dann ist es so weit, mein Organsmus ist so intensiv, dass ich laut seinen Namen schreie, bis auch er in mir kommt.

# Kapitel 7

***Patrick drei Jahre zuvor***

*Ich ging vom Casinosaal aus wieder in mein Büro, ich kann nicht glauben, dass ich diesen Deal wirklich angenommen habe, aber was hätte ich machen sollen? Ich wollte sie schon so lange und nun ist es endlich so weit. Aber wollte ich sie tatsächlich auf diese Weise bekommen? Eins steht fest, wenn ich das jetzt wirklich durchziehe, muss ich dafür sorgen, dass mir keiner mehr in die Quere kommt und mir das wieder nimmt, auf das ich so lange gewartet habe. Ich gehe zu meinem Schreibtisch und fische mein Handy aus der Hosentasche, um die einzigste Person anzurufen die mir bei dieser Sache helfen kann und wo ich weiß, dass ich ihm mein Leben anvertrauen kann. Ich kann mich nur auf eine Person* wirklich verlassen und das ist Michael.

*Gegenwart*

Als ich sie so von hinten nahm, konnte ich genau auf ihren süßen Arsch schauen. In mir kroch eine Fantasie hoch, die ich vorher noch bei keiner Frau hatte und zwar, dass ich sie in jeglicher Form für mich makieren will. Jeder soll sehen, dass sie mir gehört und genau dieser Gedanke war mein Lichtblick. Denn ich wollte Mara nicht nur einfach so aus einer Laune heraus. Nein, ich bin in Mara verliebt, dass war ich schon seitdem ersten Tag an dem ich sie an der Uni sah und nun kann ich es auch offiziell bestätigen. Ich stieß immer härter zu und ihr stöhnen wird lauter, es ist schon fast ein schreien, als ich mit meinem Arm um ihren Bauch herumkreife und meine Finger auf ihren Kitzler lege, spüre ich, wie sie um meinen Schwanz herumkommt und auch ich verliere jegliche Kontrolle über meinen Körper. Mit einem letzten Stoß entlade ich mich in ihr und gebe ihr all das, was ich ihr geben kann, aber nicht nur das.

Nein, ich gebe ihr in dem Moment auch all meine Gefühle.

Beide fallen wir kaputt auf den weichen Teppich, der vor dem Esstisch liegt, ich rolle mich auf die Seite und nehme sie fest in meine Arme, um ihr somit meine Zuneigung zu zeigen. "Das hatte ich noch nie in meinem Leben." Sie dreht ihr Gesicht über die Schulter hinweg zu mir und schaut mich an. "Was meinst du damit, dass hattest du noch nie in deinem Leben? Du bist bestimmt alles andere als Jungfrau gewesen." Ihre frechen Antworten gefallen mir und ich muss mir ein Schmunzeln verdrücken. "Das mir der Sex mit einer Frau soviel Spaß macht und ich nicht gleich danach meine Sachen zusammen suchen will, um zu gehen." Das sie mich nicht falsch versteht ergreife ich schnell wieder das Wort. "Ich meinte damit, dass ich bisher immer nur Frauen für schnellen Sex wollte. Verstehst du, einfach rein raus und fertig. Ich habe meinen Spaß und bin meine Anspannung los, dies war meine Ventil, sobald sie aber mehr wollten, war ich weg. Ich gab ihnen zu verstehen, dass daraus nicht mehr werden wird. Das sie nur benutzt wurden, um für meine Befriedigung zu sorgen. Nie zuvor wollte ich mir bei einer Frau Zeit lassen, es genießen und es so lange hinauszuzögern bis ich selbst nicht mehr kann." Ich warte auf ihre Reaktion. Noch nie im Leben habe ich mich dafür geschämt, was ich mit den Frauen abgezogen habe, bis ich es jetzt Mara erzähle. Denn ich will nicht, dass sie schlecht von mir denkt und sich sogar von mir abwendet, aber so war ich nun mal vor ihr, aber das heißt nicht, dass ich weiterhin so sein werde, wenn es um sie geht. "Und das ist bei mir jetzt anders?", die nächsten Worte die ich zu ihr sage, muss ich mir gut überlegen, denn ich will sie nicht jetzt schon davonjagen, jetzt wo ich sie habe. "Ja, bei dir ist es anders. Ich habe bei dir ein Gefühl, was ich vorher noch nie hatte und es macht mir Angst, aber ich bin auch zugleich aufgeregt, weil sich dieses Gefühl einfach nur zu gut anfühlt. Ich sagte dir doch schon, dass du mir gehörst."

"Und ich sagte dir auch, dass ich dir gehöre."

"Dann hätten wir das also geklärt." Wenn sie jedoch erfährt, wie es zu dem Ganzen gekommen ist, wird sie dann immer noch sagen, dass sie mir gehört? Diesen Gedanken vertreibe ich schnell aus meinem Kopf, denn dazu wird es niemals kommen. Wenn doch, werde ich sie mir wieder holen. Als wir uns stillschweigend wieder aneinander kuscheln, höre ich mein Handy in der Hosentasche klingeln, nur ungerne löse ich mich von ihr. "Ich sollte daran gehen."

"Kann das nicht warten? Du bist doch der Chef und kannst entscheiden, ob es wichtig ist oder nicht."

"Leider funktioniert das aber nicht, denn auch als Chef habe ich Verpflichtungen, an die ich mich halten muss und es gibt nicht viele Leute, die mich anrufen und wenn doch, dann nur, wenn es wirklich wichtig ist."

"Dann muss ich dich also gehen lassen?"
"Ungerne, aber leider ja. Vielleicht kann ich es ja am Telefon klären und wir können da weiter machen, wo wir aufgehört haben."
Ich stehe auf und gehe zu meinen Klamotten, die ich wahrlos auf den Boden geworfen habe, um mein Handy aus der Hosentasche zu holen. "Michael, was gibt es?", ohne eine Begrüßung nehme ich den Anruf entgege, aber Michael kennt das nicht anderes von mir.
"Boss, dein Bruder ist hier. Ich sagte ihm schon, dass du nicht anwesend bist und außerhalb Geschäfte erledigst."
"Und wo ist dann das Problem."
"Cal ist das Problem, er will sich nicht abwimmeln lassen und hat gesagt, dass er hier auf sie wartet."
"Ich bin aber nicht da und das wird auch noch eine Zeitlang so bleiben."
"Das habe ich ihm auch gesagt, aber Boss, sie kennen ihren Bruder, deswegen habe ich sie angerufen."
"Bin unterwegs!"

Ich beende das Telefonat und gehe zu Mara, die immer noch auf dem weichen Teppich liegt und zum anbeißen aussieht. Nur zu gerne würde ich mich wieder zu ihr legen, aber ich kenne meinen Bruder, er wird nicht so lange gehen bis ich da bin."Baby, ich muss los, soll ich dich noch zur Arbeit fahren?"
"Gerne, vielleicht kann ich dann heute früher Feierabend machen, wenn ich jetzt schon alles vorbereite und Beth wird sich auch freuen mich mal wieder länger zu sehen."

Wir ziehen uns an und immer wieder werfe ich einen Blick auf diese wunderschöne Frau und frage mich einmal mehr, womit ich sie verdient habe. Auf dem Weg zur Kneipe hört man nur die Musik aus den Lautsprechern, was mir nur Recht ist, denn so kann ich überlegen, wie schnell ich meinen Bruder wieder los werde.
Auf dem Parkplatz bleibe ich stehen, um sie aussteigen zu lassen. "Ich lasse dich

nur ungerne gehen, wenn irgendwas ist, ruf mich an. Ich habe meine Nummer auf deinem Handy gespeichert."
"Muss ich wissen, wie du das angestellt hast?"
"Wie sehr ich doch deine frechen Antworten liebe."
Ich lehne mich zu ihr rüber und drücke ihr einen Kuss auf die Lippen. "Und jetzt steig aus und erledige deine Arbeit." Ich schaue ihr noch so lange hinterher, bis ich sehe, dass sie in der Kneipe verschwunden ist, bevor ich aufs Gas gehe und meinen Wagen in den Straßenverkehr einfedel, um zum Casino zu fahren. Gnade dir Gott Cal, wenn dies kein wichtiger Anlass ist, weshalb du mich von meiner Frau wegholst. Dort angekommen, mache ich mich gleich auf dem Weg zu Michael. "Er ist in deinem Büro." Das reicht mir schon als Antwort. Ich gehe in mein Büro und finde ihn auf meinem Schreibtischstuhl. Du weißt schon, dass dieser Stuhl dem Chef gehört und es für Besucher extra Sessel gibt.

Ohne ihn zu begrüßen, gehe ich um den Schreibtisch und geben ihm zu verstehen, dass er seinen Arsch hoch bewegen soll.
"Hey, Bruderherz wie immer eine nette Begrüßung auf den Lippen."
"Was verschafft mir die Ehre?"
"Darf ich nicht einfach so bei dir vorbei schauen, um Hallo zu sagen?"
"Ich kenne dich, also was gibt es?" Geld kann es nicht sein, denn davon hat er selbst mehr als genug. Er hat sich, so wie ich, ein Immobilien Imperium aufgebaut, dazu investiert er noch in Aktien. "Ich wollte einfach nur mal so vorbeikommen, man erreicht dich ja nie und der Versuch, dich zu erwischen, ist hoffnunglos, da fang ich mal lieber nicht an zu zählen."
"Ich habe halt viel zu tun und das solltest du eigentlich auch, wenn du weiterhin erfolgreich sein willst, denn von Nichts, kommt auch Nichts."
"Was hälst du davon, wenn wir einfach mal wieder ein Bier trinken gehen? Dann können wir mal wieder quatschen! Hast

du denn jetzt mitlerweile schon eine Frau an deiner Seite?"

"Das geht dich nichts an, Cal."

"Oh, dass hört sich aber interessant an. Also hast du endlich jemanden gefunden, der dir die Stirn bieten kann?" Er wird wohl nicht locker lassen, also erzähle ich ihm von Mara, damit ich ihn endlich wieder los werde. Den Teil, wie ich sie an dem Abend im Casino gewonnen habe, den lasse ich vorerst mal weg.

# Kapitel 8

*Mara*

Als ich in die Kneipe gehe, erwartet mich schon Kim. Ich gehe zu ihr, um sie zu begrüßen. "Hey Maus, wie gehts dir? Hilfst du heute etwa mal mit, bei den Vorbereitungen?"
"Sehr witzig, aber ja! Auch ich muss mal in den sauren Apfel beißen. Es wird Zeit, dass deine Tante mal jemanden einstellt, damit wir uns nicht immer nur zu zweit abplagen müssen."
"Gute Idee! Ich werde es ihr bei Gelegenheit mal vorschlagen."
"Apropos Gelegenheit, die kannst du jetzt gleich ergreifen, denn sie erwaret dich bereits in ihrem Büro."
"Mh, komisch, was wollte sie denn?"
"Das hat sie nicht gesagt. Sie hat dich vorhin allerdings mit dem Schnuggelchen Patrick gesehen, wie er dich hergefahren hat. Daraufhin wollte sie, dass ich dich zu ihr schicke, sobald du da draußen fertig

bist." Scheiße, so wollte ich es eigentlich nicht, dass Beth es erfährt, das da was zwischen Patrick und mir läuft.

Mit einem mulmigen Gefühl gehe ich zu ihr, klopfe an die Tür und warte auf ein Herein. "Mara, komm rein." Woher weiß sie, dass ich es bin? Das fängt schon mal gut an. Ich gehe also in ihr Büro und setzte mich gespannt auf den Stuhl gegenüber von ihrem Schreibtisch. "Mara, schön das du da bist."

"Was gibt es? Kim sagt du willst mich sprechen?"

"Also, erst einmal habe ich mitbekommen, dass ihr zu zweit nicht mehr lange so weit kommen werdet, also Kim und du. Ich merke, dass ihr dringend jemanden braucht, der mit in der Kneipe hilft. Das auch mal eine von euch einen Tag frei machen kann, dies wollte ich mit dir besprechen und dir sagen, dass ich mich um die Bewerber schon mal kümmere." Puh, eigentlich fängt es ja doch nicht so schlecht an, wie ich dachte mit dem Gespräch, zumindest haben wir die Sachen mit einer weiteren Bedienung geklärt, ohne das ich was sagen musste, aber Moment, sie sagte, erstens, also kommt da noch was. Gespannt höre ich weiter aufmerksam zu und warte darauf, dass sie weiterspricht. "Als nächstes möchte ich gerne etwas privates mit dir besprechen, Mara." Ich habe gemerkt, dass Patrick und Du, dass ihr euch ja versteht. Am Anfang fand ich es gut, keine Frage. Bis ich gesehen habe, dass ihr euch näher gekommen seid und Mara, dieses Gespräch fällt mir jetzt nicht so leicht. Ich weiß nicht, wo ich anfangen soll."

"Beth, du weißt schon, dass ich schon alt genug bis und auch schon Sex hatte, falls du das ansprechen möchtest, aber nein danke ich brauche wirklich keine Aufklärung mehr."

"Darum geht es nicht Liebes, es geht um was viel schwierigeres."

"Na dann, fang doch einfach an es zu erzählen. So schlimm kann es schon nicht sein."

"Da könntest du falschliegen. Also gut, ich muss dir was über Patrick erzählen, was dir nicht gefallen wird. Bevor du jetzt aber wieder dazwischen redest, höre es dir einfach an. Mara, wir alle wussten, dass dein Vater ein Spieler war. Das er sehr viel verloren hat, aber trotzdem nicht aufhören konnte, auch nicht nachdem meine Schwester, deine Mam, Depressionen dadurch bekam. Eines Tages ist er im Casino von Patrick erschienen und ich mache es kurz, dein Vater war so skrupellos, dass er dich als Gewinn für eine Pokerrunde gesetzt hat. Wenn er gewinnen sollte, darf er einen Monat ohne Einsatz spielen und alles, was er gewinnt, behalten. Er dachte, er würde gewinnen, er war sich so sicher. Nur das diesmal nicht er gewonnen hat, sondern Patrick und wie du ja schon erahnen kannst, hat er dich gewonnen. Warum er damals nicht gleich seinen Preis abgeholt hat und so lange gewartet hat, weiß ich nicht."

Ich glaube ich verliere den Halt und der Boden unter den Füßen wird mir weg gerissen. Das kann nicht sein, dass darf nicht sein. Bis eben dachte ich noch, dass er mich liebt, dass ich ihm gehöre, aber jetzt verstehe ich auch, warum er das sagt, denn ich gehöre wirklich ihm. Er hat mich gewonnen, als einen Einsatz beim Pokerspielen. "Woher weißt du das?"

„Ich habe es damals von deiner Mam erfahren. Sie wollte es verhindern und hat alles in ihrer Macht stehende versucht, um es ungeschehen zu machen. Was dann passiert ist, weißt du ja. Dein Vater hat es nicht ertragen, mit der Schuld zu leben, dass er durch seine Sucht dich und auch letztendlich deine Mutter, seine Frau, verloren zu hat. Er ist einfach abgehauen."

„Und wieso ist er hier? Ich meine, wenn du doch weißt, was er vor hat, nämlich mich zu holen als seine Trophäe, wieso ist er dann Gott verdammt nochmal hier und wieso erfahre ich jetzt erst davon? Du hättest es mir viel früher sagen sollen, bevor ich mich in ihn verliebe und mit ihm geschlafen habe."

„Du hast was?, um Himmels willen Süße."

„Ja, ich habe mich in ihn verliebt und auch mit ihm geschlafen. Was soll ich jetzt machen, Beth?"

„Ich weiß es wirklich selber nicht. Ich habe gesehen, wie er dich ansieht, wie er sich nach deinem Wohlergehen erkundigt. Ich wusste aber nicht, weswegen er das macht, weil er vielleicht doch mehr für dich empfindet oder doch nur wegen dem Deal, damals."

„Ich weiß nicht mehr, wo mir der Kopf steht. Was ich tun soll. Ich meine die ganzen Sachen, die er zu mir gesagt hat, dass kann doch nicht einfach nur so daher gesagt sein. Oder etwa doch? Aber Beth, wieso ist er hier?"

„Ich schäme mich so dafür Mara, das ich so dumm war."

„Beth sag es jetzt endlich, wieso ist er hier? Sollst du mich ihm etwa übergeben?"

„Nein, Himmel Mara was denkst du nur? Ich konnte den Kredit bei der Bank nicht mehr zahlen. Die Kneipe läuft gut, aber das was wir einnehmen reicht gerademal für die Zinsen. Ich habe mich damals aufs Ohr legen lassen, von diesem Ekelpaket von Banker, der mir diesen Kredit angeboten hat. Patrick ist irgendwann hier aufgetaucht."
„An dem Tag als dich Max angerufen hat?"
„Ja, genau an dem Tag machte er mir ein Angebot, dass ich nicht ausschlagen konnte. Er wollte all meine Schulden übernehmen. Mara, weißt du was das bedeutet? Er bezahlt alles bei der Bank, dafür hätte ich so lang gebraucht bis ich wahrscheinlich im Grab gelandet wäre. Als Gegenleistung wollte er nur, dass ich weiterhin Chefin bleibe, alles regele und er vom Hintergrund aus bei einigen Entscheidungen mit redet. Er erklärte es so, dass er vor hat, in dieses Gewerbe einzusteigen und so hätten wir zwei Fliegen mit einer Klappe geschlagen.

Mara, ich habe mir dabei wirklich nichts gedacht. Ich will dir doch nicht schaden."
„Kanntest du ihn davor schon? Wusstes du wer er war?"
„Ich kannte ihn vom Namen her, dass er jedoch damals derjenige war, gegen den dein Vater verloren hat, wusste ich erst, nachdem ich reichlich überlegt und nachgeforscht habe. Als ich das herausgefunden habe, bin ich zu ihm gegangen und habe ihm eindeutig klar gemacht, dass er die Finger von dir lassen soll, dass ich genügend Leute kenne, die ihn problemlos verschwinden lassen können."
„Woher kennst du denn solche Leute?"
„Kenne ich nicht, aber das weiß er doch nicht."
„Und was mach ich jetzt, Beth?"
„Ich kann es dir nicht sagen, mein Schatz. Ich wollte nur, dass du es erfährts, bevor daraus Liebe wird, aber wie ich gerade gehört habe, ist das schon zu spät. Ich kann dir nur raten, auf dein Herz und auf deinen Verstand zu hören. Du weißt, ich

bin für dich da." Es ist leichter gesagt als getan."

„Gibt es sonst noch etwas? Wenn nicht, würde ich mich gerne für heute krank melden. So wie es aussieht, werden uns die Leute heute eh nicht die Bude einrennen."

„Schatz, gehe nach Hause und denk über alles nach." Als ich das Büro von Beth verlassen habe, kommt mir Kim schon wieder entgegen. „Kim, ich gehe nach Hause, ich fühle mich nicht gut, aber hast du heute Abend Lust auf einen Mädelsabend?", denn den glaube ich, den brauche ich. Meine Freundin kann mir vielleicht die Augen öffnen und mir sagen, was ich zu tun habe und bis dahin kann ich selbst meine Gedanken und Gefühle sortieren. „Ist alles okay? Was hat deine Tante gesagt?"

„Nur, dass wir bald eine Aushilfe bekommen werden. Ich habe einfach nur Kopfweh und muss mich hinlegen, kommst du später nach der Arbeit?"

„Klar, dass haben wir schon lange nicht mehr gemacht, was soll ich mitbringen?"
„Wie wäre es mit Wein und Eis?"
„Perfekt."
„Bis später."

# Kapitel 9

***Patrick zwei Jahre zuvor***

*Ich folgte ihr zur Uni, habe ihr dabei zugesehen, wie sie ihr Mittagessen im Park zu sich genommen hat. Überall, wo sie sich aufhielt war auch ich, nur das sie das nicht mitbekam. Diesen Deal mit ihrem Vater habe ich angenommen und habe gewonnen. Ich wusste aber, dass ich nicht einfach zu ihr gehen kann, um sie mir zu holen. Nein, bei Mara musste ich das anders anstellen. Sie ist nicht so wie die anderen Frauen, die hätten sich sofort auf den Boden vor meine Füßen geworfen und hätten sich mir freiwillig hingegeben, aber Mara ist anders. Ich wollte ihre Gewohnheiten wissen, wollte herrausfinden, was sie liebt und was sie hasst, einfach alles wollte ich über sie erfahren. Ich wollte es so anstellen, dass ich ihr Herz gewinne und ihre Seele sich* freiwillig für mich entscheidet. Ich weiß nicht, ob ich ein schlechtes Gewissen haben sollte wegen dem, was ich gemacht habe. Ja, ich hätte es anders anstellen können, wie es die meisten Männer bei Frauen machen, sie umwerben, sie zum Essen ausführen, ihr Blumen schicken und den ganzen Liebeskram, aber ich hatte Angst davor. Angst, dass sie mich nicht mal wahrnimmt und das sie mich abweisen wird, nur deswegen haben ich bei der ganzen Sache mitgemacht. Ob es falsch oder letztendlich doch richtig war, das wird sich noch herausstellen, wenn es so weit ist, aber bis dahin, werde ich meinen Plan weiterhin in die Tat umsetzten.

## *Gegenwart*

Als ich endlich so weit war, um meinen Bruder los zu werden, fuhr ich zurück zur Kneipe, um Mara abzuholen, so wie wir es besprochen haben. Ich hole mein Handy raus, um sie anzurufen, damit sie bescheid weiß, dass ich auf dem Weg bin, aber alles was ich hörte, war nur das läuten.-Sie ging nicht ran, vielleicht weil sie einfach viel zu beschäftigt war, um ans Telefon zugehen.

Ohne mir große Gedanken darüber zu machen, fuhr ich weiter bis zu ihrer Arbeit. Ich ging in die Kneipe, kann sie aber nirgends finden. An der Theke sah ich Kim, also ging ich zu ihr, um sie zu fragen, wo Mara ist. „Hey Kim, hast du Mara gesehen?"

„Ja, sie ist vor Beginn ihrer Arbeit nach Hause gefahren, weil sie Kopfschmerzen hatte. Ich dachte, sie hätte es dir geschrieben."

„Nein, dass hat sie nicht."

„Gut, dann weißt du es ja jetzt, vielleicht hat sie es ja auch nur vergessen, wenn ich Kopfschmerzen habe, vergesse ich auch immer viel. Ach ja, bevor ich es vergesse, sie war davor bei ihrer Tante im Büro, sie hat zwar gesagt, dass es nichts besonderes war, was sie mit ihr besprochen hat. Ich denke nur vielleicht hilft dir das, denn sie sah nach dem Gespräch nicht mehr so gut aus."

„Danke, Kim das bringt mich weiter.", ohne noch auf weitere Worte von ihr zu achten, ging ich zu Beth Büro. Ich habe ein ziemlich mieses Gefühl im Bauch, irgendetwas stimmt hier nicht. Vor der Tür angekommen, klopfe ich nicht an, sondern gehe gleich hinein. „Kannst du nicht anklopfen, be… „ weiter kommt sie nicht, weil sie sieht, dass ich es bin und ihr Gesicht wird Kalkweiß. „Was ist mit Mara?" Ich hoffe, dass sie jetzt nicht groß um den heißen Brei redet, denn dafür bin ich gerade nicht in der Stimmung. „Patrick, hör zu, ich habe es ihr gesagt."
„Was hast du ihr gesagt?"

„Das was ich weiß, dass du mit ihrem verlogenen, feigen Arsch von Vater einen Deal gemacht hast." Woher weiß sie das? Bevor ich ihr diese Frage jedoch stellen kann, spricht sie weiter. „Ich weiß, du fragst dich jetzt, woher ich das weiß. Ihre Mutter war meine Schwester, mehr muss ich glaub ich nicht sagen, zu meiner Verteidigung. Als du zu mir gekommen bist, um mir das Angebot zu machen, dass du meine Schulden begleichst, war ich zu dumm, um mir mehr Gedanken darüber zu machen, warum ein fremder Mann zu mir kommt und mir so etwas vorschlägt. Ich war aber, wie du sicher weißt, kurz davor die Kneipe zu verlieren. Wenn ich nicht schnell Geld auftreibe, also warst du meine beste und einzige Möglichkeit. Ich weiß nicht, was du vor hast und warum du jetzt hier auftauchst, aber eins sag ich dir, ich habe gesehen, wie du Mara ansiehst, wie du sie beschützen und umsorgen willst. Ich denke, du bist nicht nur an ihr interessiert wegen eines dummen Gewinns, sondern weil dir sehr viel mehr an ihr liegt, aber machst du auch nur anstalten sie zu verletzten, werde ich dafür sorgen, dass man dich im Meer versenkt und du nie wieder gefunden wirst." Diese Ansage war eindeutig, dennoch habe ich das Gefühl, mich ihr gegenüber zu erklären. Ich will nicht wie der letzte Arsch darstehen, nur wegen diesen einen Fehler den ich vor gut vier Jahren begangen habe. „Beth, hör mir zu. Ja, du hast Recht, ich empfinde viel mehr für Mara als das sie für mich nur ein Gewinn ist. Ich war damals dumm und wusste nicht, wie ich ihre Aufmerksamkeit kriegte. Ich kenne sie schon seit der Uni, da habe ich sie das erste Mal gesehen und ab dem Zeitpunkt wollte ich sie, aber ich wusste nicht wie ich das anstellen sollte, denn ich bin kein Mann der eine Frau umwirbt. Nein, ich nehme mir einfach die Frauen. Bei ihr jedoch wusste ich, dass ich das nicht so einfach machen kann, wie bisher, dann ist ihr Vater zu mir bekommen. Den Rest der Geschichte kennst du ja bereits." Ich sehe

ihr an, dass sie überlegt und ihre Rädchen im Kopf arbeiten. „Ich weiß, dass zu schätzen, dass du ehrlich zu mir bist und ich kann dich auch wirklich gut leiden, weil ich sehe, wie du mit Mara umgehst. Du musst mit ihr reden und das Gleiche auch ihr sagen. Ich will euch helfen, auch wenn das manche vielleicht für idiotisch halten, aber denke an meine Warnung."
Ich kann nicht glauben, dass ihre Tante, obwohl sie die ganze Scheiße kennt, mir trotzdem helfen will. „Ich weiß es auch zu schätzen, dass du uns helfen willst. Ist Mara zuhause?"
„Ich denke schon, stelle es gut an, denn wenn du was Falsches sagts oder machst, wirst du sie verlieren und Mara ist eine, die du nicht so schnell wieder bekommst, wie deine anderen dummen Frauen."
Diese Ratschläge muss ich mir zu Herzen nehmen, denn das, was ich nicht will, ist sie zu verlieren bevor ich sie überhaupt gehabt habe. Als ich aus der Kneipe trete, höre ich mein Handy klingeln, schnell

hole ich es aus der Tasche in der Hoffnung das Mara dran ist.

Doch den Namen, den ich sehe, lässt meine Hoffnung schnell wieder schwinden. „Cal, was gibt es jetzt schon wieder."

„Kannst du mich holen? Mein Auto hat grad den Geist aufgegeben." Oh, man das fehlt mir gerade noch. Ich habe keine Zeit für den Mist, aber ich kann meinen Bruder auch nicht einfach hängen lassen. „Wo bist du?"

„Ich schicke dir die Daten, danke Bruderherz." Hab ich das wirklich grad gehört? Mein Bruder hat danke zu mir gesagt, dass hab ich das letzte Mal gehört, als wir Kinder waren.

Der Ton meines Handys signalisiert mir, dass eine Textnachricht eingegangen ist. Ich gebe die Daten ins Navi ein und fahre los. Zwanzig Minuten später, habe ich Cal eingesammelt und den Abschleppdienst gerufen, der sein Auto in die Werkstatt bringen soll. Im Auto herscht die ersten fünf Minuten

Schweigen, weil ich überlege, ob ich Cal um Hilfe bitten soll, mir bei der Sache mit Mara zu helfen. Ich entscheide mich dafür, denn was soll es schon schaden, so kann sie mich jedenfalls nicht umbringen und verschwinden lassen, so wie es ihre Tante machen würde. Auf der Fahrt zu ihrem Haus, rufe ich sie mehrfach an und schreibe ihr hunderte SMS, aber auf keines der beiden reagiert sie. "Wenn du meinen Rat hören willst, du musst zu ihr fahren. Gib ihr keine Möglichkeit die Flucht zu ergreifen, sie muss dir zuhören." Gar nicht mal so eine schlechte Idee, es war vielleicht gar nicht mal so übel, Cal um Hilfe zu bitten. Ich hoffe nur, dass es noch nicht zu spät ist.

# Kapitel 10

*Mara*

Ich gehe die ganze Zeit im Haus hin und her. Ich kann einfach meinen Kopf nicht ausschalten, vor allem kann ich nicht glauben, was ich heute alles erfahren habe. Ich, ein Gewinn bei einem Pokerspiel zwischen meinem Vater und Patrick, dass kann doch nur ein Scherz sein, aber ein richtig übler. Ich schaue auf die Uhr und Gott sei dank kommt Kim gleich. Ich hoffe, mit einer ganzen Kiste Wein und tonnenweise Eiscreme. Ich will schon wieder meine Runde durchs Haus drehen, als ich es an der Tür klopfen höre. Schnell renne ich hin und fliege beinahe über den Teppich, der vor mir liegt, ich kann mich aber zum Glück an der Klinke der Tür festhalten. Als Kim reinkommt, wirft sie erst einmal ihre Sachen auf den Boden vor die Garderobe, was sie immer macht, wenn sie zu mir kommt. Deswegen sieht es bei ihr daheim auch immer so chaotisch aus, weil sie dort das Gleiche macht, nur mit allen Sachen, die nicht zerbrechen können.

Während ich ihr die Sachen abnehme, die sie mitgebracht hat, macht sie es sich schon mal auf der Couch bequem. In der Küche stelle ich die Tüte ab und mache mich daran, zwei Weingläser aus dem Schrank zu holen und zwei Löffel für das Eis.

Mit allen Gegenständen geselle ich mich zu ihr ins Wohnzimmer. Ich schänke uns gerade etwas von dem Wein ein, als mich Kim ansieht. „Mara, was ist los? Du hast bestimmt nicht nur Kopfschmerzen und vorhin war Patrick in der Bar und er wusste nicht einmal, dass du überhaupt nach Hause gefahren bist. Ich bin deine beste Freundin. Du weißt, du kannst mit mir über alles reden." Ja, da hat sie recht und ich fühle mich auch schuldig, dass ich nicht gleich zu ihr gekommen bin, um es ihr zu sagen, aber ich musste erst mal selber meine Gedanken ordnen. „Kim, wo soll ich da nur anfangen?"

„Na, am besten fängst du am Anfang an, Maus."

Nach einer kurzen Zeit, überlege ich, wie ich am besten beginne. Ich fange dann endlich an, Kim alles zu erzählen. Am Anfang kommt es sehr stockend aus mir heraus, doch um so mehr ich ihr sage, umso leichter fällt es mir. Es fühlt sich so gut an, sich mal alles von der Seele zu reden. Ich bin endlich am Schluss angekommen und brauche erst einmal einen großen Schluck von meinem Wein. Ich trinke fast das ganze Glas auf einmal und warte dabei geduldig auf Kim, um zu hören, was sie zu der ganzen Geschichte sagt.

„Das alles hört sich ja heftig an und ich kann es nicht glauben, dass dein Vater das wirklich alles gemacht hat. Ich meine, wir wussten ja alle, dass er ein Problem mit dem Spielen hat, aber das er so weit geht und seine eigene Tochter als Wetteinsatz benutzt, dass ist wirklich hart. Jetzt aber mal ehrlich, Mara. Ich finde, du solltest dir seine Geschichte dazu anhören. Du denkst jetzt bestimmt, ich ticke nicht richtig und ich sollte dir sagen, dass du ihn zum Teufel schicken sollst, weil er dieses Angebot von deinem Dad angenommen hat, aber es muss einen Grund geben, warum er erst jetzt zu dir kommt. Du hast nur die Version von deiner Tante gehört und nachdem was ihr alles schon miteinander gemacht habt, solltest du ihm wirklich diese Möglichkeit geben, sich selber zu erklären. Danach kannst du ihn immer noch dahin schicken, wo der Pfeffer wächst."

Einerseits kann ich kaum glauben, was Kim da zu mir sagt, aber anderseits könnte sie vielleicht recht haben und ich muss erfahren, wie es zu alle dem gekommen ist. Dafür gibt es nur eine Möglichkeit. Ich muss mit Patrick reden, aber nicht heute, denn jetzt sitze ich hier mit meiner Freundin und wir können endlich mal wieder über alles reden, wofür wir die letzten Wochen, wenn nicht sogar schon Monate, keine Zeit mehr gefunden haben. Die Stunden vergehen wie im Flug, als ich auf die Uhr von meinem Handy schaue, sehe ich aber noch was anders und zwar dutzende Nachichten und Anrufe von Patrick. Ich will sie eigentlich gleich wieder löschen, doch dann kommen mir die Worte von Kim wieder in den Kopf und ich sollte ihm wirklich die Chance geben sich zu erklären. Also öffne ich die letzte SMS, die er mir geschickt hat,

*<Mara bitte tue mir den Gefallen und melde dich. Ich weiß nicht mehr weiter. Ich muss dir das alles erklären, es ist nicht so, wie es aussieht oder wie du vielleicht von Beth gehört hast. Bitte, ich flehe dich an, Mara.>*

Ich lese mir die Nachricht immer und immer wieder durch, weil ich nicht glauben kann, was ich da sehe. Er hört sich so verzweifelt an, dass kann nicht nur ein Spiel für ihn gewesen sein. Dennoch hat er mich einfach zu sehr damit verletzt und ich weiß nicht, ob ich ihm das verzeihen kann. „Was ist los Süße? Du wirkst gerade so völlig neben der Spur." Ich zeige Kim die SMS, weil ich nicht fähig dazu bin, es vorzulesen. „Mara, wie ich schon sagte, du musst ihn anhören. Er wirkt auf mich nicht gerade wie der Typ Mann, der eine Frau anbetteln muss und wenn du wirklich nur ein Gewinn bist, dann wäre es ihm doch egal, ob du noch mit ihm redest oder nicht." Ich schaue weiter auf mein Handy, als sie es mir zurück gibt und fange an die nächste Nachricht zu öffnen.

*<Bitte schreibe mir oder gehe an dein Handy, wenn ich dich anrufe. Ich weiß nicht mehr weiter. Alles was ich zu dir gesagt habe, war die Wahrheit und ich nehme kein einziges Wort von dem, was du von mir gehört hast, zurück.>*

Die letzte SMS, die ich von ihm lesen will ist gerade erst vor zehn Minuten angekommen.

*< Mara, ich weiß, dass du Zuhause bist. Bitte gebe mir eine Antwort. Ich weiß sonst nicht mehr, was ich machen soll. Ich will dich nicht verlieren, nicht jetzt, wo ich dich doch gerade erst bekommen habe. Ich wollte dich schon so lange, schon bevor das alles mit deinem Vater war. Lass es mich dir erklären, danach gehe ich auch und komme nie wieder, wenn du das so willst, aber höre dir erst an, was ich zu sagen habe. >*

Ich komme nicht weit, um meine zerstreuten Gedanken zu ordnen, als die Tür aufgeht. Es steht aber nicht meine Tante im Wohnzimmer. Nein, es ist Patrick mit einem mir fremden Mann, als ich jedoch genauer hinsehe, erkenne ich ihn. Irgendwoher kenne ich sein Gesicht und da geht mir ein Licht auf. Dieser fremde Mann mit dem Patrick rein kommt, ist Cal Black. Er war mit mir an der Uni und hat einige Kurse mit mir belegt. Moment mal, Cal Black, Patrick Black, oh nein, dass darf nicht war sein, dass sind doch nicht etwa … Brüder.

# Kapitel 11

*Patrick*

Ich kann nicht mehr länger warten. Also gehe ich mit meinem Bruder als Schutzschild ins Haus, weil ich endlich mit ihr reden muss, da sie ja auf keine Nachricht von mir geantwortet hat und wenn sie mir nicht zuhören will, dann muss ich sie wohl oder übel fesseln, ob es ihr gefällt oder nicht. Manche Menschen muss man einfach zu ihrem Glück zwingen. Ich gehe zur Wohnungstür und probiere mein Glück, als ich den Türknauf drehe, kann ich mein Glück kaum fassen, denn die Tür ist offen. Ich kann nur hoffen, dass, wenn sie mich gleich sieht, mir nicht irgendwas an den Kopf knallt.

Als ich hinein gehe und im Wohnzimmer stehe, sehe ich sie auf der Couch sitzen und sofort verlässt mich mein Mut, meine Knie fangen an zu zittern und meinen Herzschlag kann ich in meinen Ohren hören. Ich würde am liebsten zu ihr gehen, sie in den Arm nehmen und nie wieder los lassen. Da ich aber weiß, dass sie das nicht zulassen wird, muss ich es langsam angehen lassen, „Was willst du denn hier und wer ist das?"

„Du hast auf keine SMS geantwortet. Ich konnte nicht länger warten. Ich musste zu dir und mit dir reden. Bitte, du musst mir zuhören, Mara."

„Es gibt schon einen Grund, warum ich dir nicht geantwortet habe, weil ich meine Ruhe brauche, um über alles nach zu denken."

„Ich bitte dich nur einmal, Mara. Ich will dich nicht verlieren, ich brauche dich, ich liebe dich." Es ist totenstill im Wohnzimmer geworden und alle Blicke richten sich auf mich, aber das ist mir egal. Es ist mir auch egal, dass mein Bruder das mit angehört hat oder ihre beste Freundin, denn dies ist die Wahrheit. Ja, ich liebe Mara und das von ganzem Herzen. Ich sehe ihr in die Augen und merke, dass es in ihrem Kopf rattert.

Sie überlegt, ob sie mir zuhören soll oder nicht, dass hoffe ich zu mindest.

„Rede." Habe ich das richtig gehört oder hat sich das jetzt nur mein verwirrtes Gehirn ausgedacht? „Was sagst du?"

„Ich sagte, du sollst reden. Ich höre dir zu."

„Oh, Gott sei dank."

„Du solltest Gott nicht zu voreilig deinen Dank aussprechen."

Ich schaue kurz zu meinem Bruder, um ihm mit meinem Blick zu sagen, dass er sich Kim schnappen und uns alleine zu lassen soll. Zum Glück versteht er mich und geht zu ihr. Ich weiß nicht genau, was er zu ihr sagt, auf alle Fälle kichert sie wie ein kleines Schulmädchen und sie gehen gemeinsam aus dem Wohnzimmer.

Jetzt bin ich alleine mit ihr. Alles was ich jetzt sage, wird mir zeigen, ob sie bei mir bleibt oder ob sie abhaut. Ich setze mich zu ihr auf die Couch und überlege, wo ich am besten Anfangen soll. Man sagt ja immer, am Anfang soll man beginnen,

aber das ist leichter gesagt als getan.
„Magst du etwas trinken?" kommt plötzlich die Frage von ihr. „Ich glaube, dass was ich jetzt brauche, wirst du nicht im Haus haben."
„Probiere es doch und ich kann dir sagen, ob wir es haben oder nicht."

„Okay, ich hätte gerne einen Whiskey."
„Mh, ich kann dir einen guten Rotwein anbieten. Ist zwar kein Whisky, aber wenn man genug davon trinkt, kann es einen auch umhauen.", sagt sie zu mir mit einem kleinen Lächeln auf dem Gesicht, was für mich doch schon mal ein guter Anfang ist.
„Gerne, Rotwein hört sich gut an."
„Ich hole dir schnell ein Glas."
„Nein, bitte bleib hier. Ich kann auch von deinem trinken, aber bitte bleib hier bei mir."
„Hast du etwa Angst, dass ich mich davon schleiche?"
„Wenn ich ehrlich bin, ein bisschen schon." Ich sehe, dass sich ihre Lippen

leicht zu einem Schmunzeln verzieht, sie probiert es aber zu unterdrücken.
„Ich hole dir schnell eins. Ich verspreche dir auch, dass ich wieder zurückkomme. Ich muss ja nur schnell in die Küche gehen."

Mit einem Glas und einer neuen Flasche Wein bewaffnet, kommt sie wieder zu mir ins Wohnzimmer. Also, auf geht's, jetzt wird es ernst. Ich fange an, ihr ab dem Zeitpunkt an zu erzählen, als ich meinen Bruder von der Uni holte und sie da zum ersten Mal gesehen habe. Das ich da schon wusste, dass sie es sein muss, mein passendes Gegenstück. Ab da war ich besessen von ihr. Ich wollte mehr über sie erfahren. Sie hört mir aufmerksam zu, ab und an kommt ein „ja okay" oder ein Nicken von ihr. Dann ging ich weiter zu dem Punkt, an dem ihr Vater bei mir im Casino auftauchte. Diesen Teil der Geschichte muss ich nicht beschönigen, denn alles was sie von Beth erfahren hat, stimmt. Nur das ich sie nie als Einsatz

oder Gewinn gesehen habe, sondern dies alles als Chance sie zu bekommen.
„Wieso hast du mich eigentlich nie vor der Uni angesporchen, dass hätte alles soviel leichter gemacht?"
„Ich bin es nicht gewohnt, Frauen anzusprechen. Denn die Frauen sind immer zu mir gekommen und haben sich mir vor die Füße geworfen, nur das sie eine Nacht mit mir haben können." Ich sehe sofort, dass ihr diese Antwort nicht gefällt, also mache ich schnell weiter mit meiner Erzählung, bevor sie jetzt schon abbricht und davon läuft.
Ich mache also da weiter, wo ich aufgehört habe und sage ihr, dass ich ab dem Zeitpunkt an, probiert habe, ihr näher zu kommen, aber ohne das sie es bemerkt. Bis ich dann mitbekommen habe, was ihre Tante für Probleme hat und das ich da meine Chance gesehen habe. Ich weiß selber, dass das alles nicht die richtigen Vorgehensweise war und das ich das alles besser anstellen hätte können, aber das alles ist mir jetzt erst

klar geworden. Davor war ich von meiner Idee überzeugt, dass es die Richtige ist. Ich habe ihr also jetzt alles offen gelegt und warte auf ihre Reaktion.

Sie nimmt ihr Glas und trinkt es auf einen Zug aus, bis sie die Flasche nimmt und das Glas wieder auffüllt. Dann nimmt sie wieder einen Schluck und ich werde schon langsam nervös und schon fast glaube ich, dass sie nichts mehr dazu sagen wird, weil sie so lange braucht, bis sie mich wieder ansieht, „Was hättest du gemacht, wenn ich mich nicht in dich verliebt hätte oder du dich in mich?" diese Frage ist berechtigt, aber ich weiß keine Antwort darauf. „Es ist aber so, wie es gekommen ist und ich würde nichts von all dem rückgängig machen. Bis auf die Sache, dass du es von mir hättest erfahren sollen, denn das war ich dir schuldig."

„Also war ich nie nur ein Gewinn für dich?"

„Nein, dass warst du nie und wirst du auch nie sein, Mara. Von Anfang an wollte ich dich als mein Mädchen. Als diejenige, die ich als Erste in meinem Leben liebe und auch die letzte die ich jemals lieben werde."

„Das ist alles zu viel. Ich habe das Gefühl, dass mein Kopf platzt und ich weiß nicht, wie ich damit umgehen soll." Ich kann es ihr nicht übel nehmen, jede andere wäre schreiend davon gelaufen und hätte mich sonst wohin geschickt, aber sie gab mir die Möglichkeit mich zu erklären und das zeigt mir, dass ich die Hoffnung noch nicht aufgeben darf.

„Wie soll es jetzt weitergehen? Eine Beziehung auf so etwas aufzubauen, dass kann doch nicht gut werden."

„Ich kann es dir nicht sagen, Mara. Auch wenn ich dir die Entscheidung gerne abnehmen würde, aber diese Entscheidung musst du für dich selbst treffen. Wenn du jetzt sagst, dass ich gehen soll und dich ein für alle Mal in Ruhe lassen soll, dann mache ich das auch. Auch wenn es mich umbringt, dass ich dich verliere, aber das ist deine Entscheidung und diese akzeptiere ich."

„Ich brauche Zeit. Ich muss über alles nachdenken, ich kann jetzt nicht in deine Arme fallen und dir vergeben, wenn ich nicht mal selber weiß, wie es in meinem Kopf aussieht. Bitte, verstehe das." Dies war nicht die Antwort, die ich erwartet habe, aber ich verstehe es. „Ich lasse dir alle Zeit der Welt."

Mit diesem letzten Satz stehe ich auf, gehe aus dem Wohnzimmer, ohne sie noch einmal anzuschauen, weil es mir das Herz brechen würde. Ich ging durchs Haus, um meinen Bruder zusuchen, der mit Kim irgendwohin verschwunden ist. Ich hoffe, dass ich ihn nicht in einer eindeutigen Pose mit ihr zusammen sehe. Denn wie ich Cal kenne, lässt er nichts anbrennen. Ich kann ihn nirgends finden, also gehe ich raus in den Garten und da sehe ich ihn, wie er mit Kim auf einer Bank sitzt und sich mit ihr unterhält. Sie lachen, trinken was und er berührt ab und zu ihren Arm, was fur Cal wirklich neu ist, denn normalerweise würde er jetzt schon nackt mit ihr daliegen und rum machen. Ich gehe auf sie zu, weil ich nicht länger als nötig hier bleiben will. Ich will ihr ihre gewünschte Freiheit geben, sodass sie sich ungezwungen entscheiden kann.

Bei ihnen angekommen, sieht mich Kim aus zusammen gekniffenen Augen an, anscheinend weiß auch sie bescheid. Aber ich hätte es mir nicht anders denken können und ich bin froh, dass Mara jemanden zum reden hat, jemanden der mit dem Ganzen nichts zu tun hat. „Cal, bist du so weit?"

„Warte kurz, hast du alles geklärt?"

„Ja, kommst du? Ich will fahren." Er holt sein Handy raus und gab es Kim, wahrscheinlich das sie ihre Nummer eintragen kann. Er steckte es wieder weg und drehte sich dann zu mir um, sodass wir gemeinsam das Haus verlassen können, in der Hoffnung, dass es nicht das letzte Mal gewesen ist.

# Kapitel 12

*Mara*

Es ist jetzt schon gut eine Woche her, dass ich ihn das letzt Mal gesehen und gehört habe. Genauso lange war ich auch schon nicht mehr in der Kneipe, denn ich habe es nicht übers Herz gebracht, ihn zu sehen. Ich kann nicht sagen warum, aber ich vermisse ihn, seinen Geruch, seine Worte, einfach nur seine Nähe. Ich weiß nicht, was ich machen soll. Ich bin einfach hin und her gerissen, also rufe ich meine Freundin Kim an, um sie zu fragen. Nach dem zweiten Klingeln geht sie schon an ihr Handy. „Hey Maus, was ist los?" Ich hab keine Ahnung , wo ich anfangen soll: „Kim hilf mir, was soll ich machen? Ich vermisse ihn."
„Ich kann dir da nicht helfen, Maus. Das musst du ganz alleine für dich entscheiden, aber wenn du meinen Rat hören willst, dann schreib ihm und finde heraus, ob es ihm genauso geht."

„Wie soll ich das anstellen? Ich habe ihm gesagt, dass ich Zeit brauche, um meine Gedanken zu ordnen, was soll ich ihm denn jetzt schreiben?"

„Zeit hattest du, aber hast du auch deine Gedanken geordnet?"

„Nein, ich bin immer noch genauso verwirrt, wie am Anfang. Ich komme einfach nicht weiter, kann ich mit einem Mann zusammen sein, der mich von Anfang an belogen und betrogen hat? Ich meine, Kim er hat mich als Einsatz auf einem Pokertisch gewonnen, dass ist doch nicht normal."

„Das ist nicht normal, da hast du vollkommen recht, aber er hat es dir erklärt und so wie sich das für mich angehört hat, wollte er einfach nur die Chance ergreifen und hat dabei vielleicht nicht ganz so richtig nachgedacht. Aber Mara, probieren geht über studieren, wenn du es nicht versuchst, dann wirst du niemals schlau aus der ganzen Sache und kannst auch nicht abschließen. Ich meine, schlimmer wie jetzt, kann es nicht mehr

werden und wenn du auf die Nase fällst, dann bin ich für dich da, um den Sturz abzufangen." Ich weiß gar nicht, wie dankbar ich bin, so eine Freundin zu haben, dennoch fällt es mir immer noch nicht leicht, mich zu entscheiden. Aber sie hat recht, wenn ich diesen Schritt jetzt nicht gehe, dann werde ich mich immer fragen, was wäre wenn. „Ich weiß gar nicht, wie ich dir danken kann, dass du mir zuhörst, mir zur Seite stehst und einfach für mich da bist."
„Wie du mir danken kannst, da wüsste ich schon was?"
„Was kann ich für dich tun, Kim?"
„Ich möchte mehr über Cal erfahren, könntes du was in Erfahrung bringen?" Was, wie bitte? Ich glaube, ich habe mich gerade verhört, will sie wirklich mehr über seinen Bruder erfahren?
„Willst du deswegen, dass ich mich wieder mit Patrick vertrage, weil du dadurch Hoffnung hast, was mit diesem Cal anzufangen?"

„Schatz, wie kommst du auf so eine Idee. Ich würde dir niemals zu etwas raten, von dem ich nicht selbst überzeugt bin oder das ich es nur aus Eigennutzen mache. Wenn du nicht meine beste Freundin wärst, würde ich dir das jetzt gerade übelnehmen." und sofort habe ich ein schlechtes Gewissen, weil ich ihr sowas unterstellt habe.

„Also wirst du ihm jetzt schreiben?" Ich brauch gar nicht mehr lange darüber nachdenken.

„Ja, ich werde mich bei ihm melden."

„Gott sei Dank bist du zur Vernunft gekommen. Süße du machst das Richtige, denn wenn ich dir das sagen darf, ich habe ihn ein Paar mal in der Kneipe gesehen und er sieht wirklich schrecklich aus. Wenn das bei diesem Kerl überhaupt geht, aber wirklich er sieht total mitgenommen aus." , also geht es ihm genauso wie mir. Es hört sich hart an, aber seitdem ich das jetzt weiß, geht es mir ein bisschen besser, denn das könnte der Hoffnungsschimmer sein, den ich einfach nur gebraucht habe, um diesen Schritt jetzt zu gehen. Nachdem ich mich von meiner Freundin verabschiedet habe, nehme ich mein Handy und überlege, wie ich mich bei ihm melden soll, aber vor allem überlege ich, was ich ihm schreiben soll. Ich tippe gefühlte hundert Nachrichten und lösche sie immer wieder, weil es mir so vor kommt, als wären es nicht die richtigen Worte. Ein letztes Mal fange ich von vorne an und schreibe ihm eine einfache SMS mit einem

*<Hallo : )>*

Ich warte und warte und warte immer noch, bis ich sehe, dass die drei Punkte auf dem Display erscheinen. Gespannt auf seine Nachricht, schaue ich auf mein Handy und habe das Gefühl, dass ich ein Loch in den Bildschirm starre, bis endlich die Antwort darauf erscheint.

*< Mara, Gott sei Dank. Ich habe schon Angst gehabt, dass ich gar nichts mehr von dir höre und ich dich nun ganz verloren habe, wie geht es dir? >*

Mit einem kleinen Lächeln auf den Lippen, lese ich mir die Nachricht durch, bevor ich darauf antworte.

*< Mir geht es gut, wie geht es dir? >*

Ich weiß, dass diese Aussage gelogen ist, aber ich kann und will ihm nicht sagen, dass es mir scheiße geht, denn so leicht will ich es ihm nicht machen.

*< Mara, wenn ich ehrlich sein soll, mir geht es nicht gut. Ich muss die ganze Zeit an dich denken. Ich will dich wieder bei mir haben, dich sehen, spüren und hören. Die letzte Woche war für mich die Hölle. Bitte sag mir, was ich machen soll das du mir verzeihst, Bitte.>*

Ich schaue mir seine Nachricht zweimal an, weil ich nicht glauben kann, was darin steht, er schreibt mir ehrliche Worte, wie er denkt und fühlt. Ohne, dass ich es mitbekomme, tippen meine Finger von ganz alleine eine Nachricht.

*< Gehe mit mir Essen.>*

Es dauert keine zwei Minuten, da kommt auch schon die Antwort.

*<Ich soll mit dir Essen gehen?>*

*<Ja, ein einfaches Dinner. Ich möchte ein Date mit dir, als wenn du mich ganz neu kennenlernst. Ich möchte die Möglichkeit haben, dass zu vergessen, was gewesen ist, dass du mich gewonnen hast. >*

Eine Zeit lang sehe ich gar nichts mehr auf meinem Handy, bis das blaue Licht mir zeigt, dass ich eine Nachricht erhalten habe. Sofort mache ich sie auf und was ich darin lesen kann, lässt die Schmetterlinge in meinem Bauch Purzelbäume schlagen so sehr freue ich mich darüber.

*< Mara, morgen um 19:00 Uhr, lade ich dich zum Dinner ein. Ich würde mich freuen, wenn du mir die Ehre erweisen würdest. In liebe Patrick xxx >*

Am nächsten Tag bin ich wie aufgekrazt, ich laufe die ganze Zeit im Haus herum und weiß nicht, was ich anstellen soll, weil ich so aufgeregt bin. Heute, seit über einer Woche, werde ich ihn wieder sehen. Wie wird es sein, werden wir uns so verstehen, wie vorher oder hat sich irgendwas verändert? Was ist, wenn wir gar nichts haben über das wir miteinander reden können? Was ist, wenn einer von uns oder sogar wir bei merken, dass wir gar nicht zusammen passen? Mir schwirren soviele Gedanken durch den Kopf.

Als es an der Tür klingelt, schrecke ich hoch, so sehr war ich beschäftigt damit, mich verrückt zu machen. Kim kommt herrein und ich bin so froh, als ich sie sehe. „Na, wo soll ich helfen?"
„Wenn du den Wein dabei hast, ist mir damit schon genug geholfen, denn ich brauche etwas, um meine Nerven zu beruhigen." Sie hebt eine Tüte hoch und das Klirren von Flaschen lässt mich erleichtert ausatmen. Ich habe gar nicht mit bekomme, dass ich überhaupt die Luft angehalten habe. „Punkt eins erledigt. Womit soll es weiter gehen?" Sie mustert mich und mein Erscheinungsbild. „Ich sehe schon. Du weißt aber schon, dass wir nur noch gut eine Stunde Zeit haben, um dich auf Vordermann zu bringen."
„Glaube es mir, dass weiß ich, denn ich schaue alle fünf Minuten auf die Uhr."
„Na, dann mal hopp, gehe hoch duschen und nicht vergessen, rasieren."

„Kim, wir gehen sozusagen auf unser erstes Date. Was denkst du denn, was wir da gleich machen?"
„Bestimmt nicht nur Essen. Du musst auf alles vorbereitet sein, gerade wenn es um einen Mann, wie Patrick Black geht.", wo sie recht hat, hat sie recht. Also werde ich mich jetzt mal ans Werk machen, dass aus mir eine anschauliche Frau wird und heute will ich ihm den Atem rauben. Ihm sollen die Augen ausfallen, wenn er mich sieht. Eine halbe Stunde später bin ich mit dem Duschen fertig. Ich habe mir jedes einzelne Haar ab meinem Kopf entfernt und bin jetzt glatt wie ein Babypo. Als nächtes ist nun Kim an der Reihe, mir ein ordentliches Make-up zu zaubern.

Nach einer gefühlten Ewigkeit bin ich nun endlich fertig und betrachte mein Spiegelbild und selbst ich muss sagen: „Wow, Kim das sieht einfach nur …
„Hammer aus?", beendet sie meinen Satz. Ich trage ein schwarzes engen Etuikleid,

dass nicht zu kurz, aber auch nicht zu lang ist. Meine Haare fallen mir in leichten Wellen über die Schultern und dank der Spülung, die mir Kim mitgebracht hat, sehen sie auch nicht mehr aus wie Stroh. Meine Augen hat sie in einem leichten grau geschminkt und meine Lippe sind mit einem Hauch Lipglos bedeckt, ansonsten trage ich kein Make-up und sehe eigentlich ganz natürlich aus.
„Danke Kim. Ja, ich sehe wirklich Hammer aus, alleine hätte ich das niemals so hinbekommen."

An meiner Zimmertür höre ich es klopfen. „Ja." Ich sehe wie meine Tante ins Zimmer kommt. „Mara, wow! Du siehst einfach umwerfend aus."
„Danke Beth."
„Ich wollte nur sagen, dass ich jetzt zur Kneipe fahre und dir bescheid geben, dass ein gewisser Gentleman unten auf dich wartet."
„Oh Gott, ist es schon so spät."

„Ich möchte dir auch noch sagen, dass du auf dich aufpassen sollst. Ich weiß, ich kann dir in deiner Entscheidung nicht reinreden und das will ich auch gar nicht, denn wir alle müssen unsere eigenen Erfahrungen machen, aber du sollst wissen, dass ich für dich da bin und das ich dich lieb habe. Du bist meine Familie." Gerührt von ihren Worten, stürme ich auf sie zu und umarme sie so fest, dass es mir in den Armen weh tut. „Nicht weinen, sonst versaust du dir dein Make-up und Kim hat sich, so wie das aussieht, sehr viel Mühe gegeben."
„Ich habe dich auch lieb." , mit den Worten lasse ich Beth los und wappne mich innerlich auf das, was der Abend heute mit sich bringt.

Ich gehe die Treppe runter und da sah ich ihn. Er steht in einem dunklen Anzug an der Eingangstür, in genau dem Anzug, den er am ersten Tag in der Kneipe getragen hat. Ich bin sprachlos, ich kann keinen Schritt mehr machen und bleibe

wie angewurzelt auf der untersten Stufe stehen, als ich eine warme Hand auf meinem Arm spüre ist es so, als wenn ich einen kleinen Stromschlag bekommen würde, so fühlt sich seine Nähe an. „Du sieht hinreißend aus.", seine Worte sind wie Balsam auf meiner Seele, „Danke das kann ich nur zurückgeben."
„Können wir?"

Wir kommen an einem noblen, sehr teuer aussehenden Restaurant an, wo es sogar einen Parkdienst gibt, sowas habe ich bisher immer nur in Filmen gesehen. Ich meine, mit meinem Geld, was ich in der Kneipe verdiene und den Ersparnissen kann ich gut leben aber dennoch kann ich mir so einen Besuch in einem Sternerestaurant nicht leisten. Der Page will mir gerade die Tür aufmachen, als Patrick neben ihn tritt und ihm mit einem Knurren zu verstehen gibt, dass er das lieber sein lassen sollte. „Was sollte das denn gerade? Er wollte nur nett sein und außerdem ist das schließlich auch sein Job."

„Nun, wenn er seinen Job behalten will, sollte er besser die Finger von meiner Frau lassen."

„Wollte wir nicht ein erstes Date haben? Du bist dir also jetzt schon so sicher, dass es zu einem zweiten Date kommen wird, wenn du mich jetzt schon als deine Frau bezeichnest?"

„Es tut mir leid. Ich wollte sagen, wenn er seinen Job behalten will, sollte er wohl besser nicht meine Begleitung für unser erstes Date anfassen."

Ich kann es nicht fassen, dass er das jetzt gesagt hat, dass hat rein gar nichts mit einer Entschuldigung zu tun, aber als ich mein Gesicht zu ihm dreh, sehe ich ein Schmunzeln auf seinen Lippen und schon habe ich ihm fürs Erste verziehen. Ein Kellner bringt uns an den von Patrick reservierten Tisch oder sollte ich besser sagen Raum, denn er hat ein ganzes Abteil für uns gemietet. „Sollte ich wissen, warum wir einen ganzen Raum für uns haben?"

„Nein, aber ich werde es dir trotzdem sagen, denn ich habe das gemacht, weil ich alleine mit dir sein will, ohne dass uns jemand beobachtet oder dich beobachtet. Ich will alleine mit dir sein, aber an einem Platz mit anderen Menschen. Denn, wenn ich ganz mit dir alleine wäre, könnte ich mich nicht mehr zusammenreißen, denn seitdem ich dich heute Abend abgeholt habe und dich in diesem Kleid gesehen habe, da wollte ich dich." Ich machte meinen Mund auf, um etwas zu erwidern, aber es kam nichts raus. Seine offenen Worte schockieren mich, aber sie lösen auch etwas in mir aus, ein Gefühl der Erregung.

# Kapitel 13

*Patrick*

Als der Kellner kommt und unsere Bestellung aufnehmen will, übernehme ich auch den Part von Mara, in der Hoffnung, damit keine Minuspunkte bei ihr zusammeln. Ich bestelle für uns beide eine Spagelcremesuppe als Vorspeise, als Hauptgang ein Lachsfilet auf einem Kräuterbett mit Babykartoffeln und als Nachtisch das Creme Brulee, dazu eine Flasche des besten Rotweine, den es hier gibt. „Danke, dass du für mich ausgesucht hast. Ich hätte nicht gewusst, was ich nehmen sollte." , als sie mir das sagte, färbten sich ihre Wangen leicht rosa, was ich sehr süß finde, „Kein Problem ich weiß aus Erfahrung, dass man hier nichts Besseres bestellen kann."
„Ich hatte leider nie die Möglichkeit, mich in einem solchen Restaurant aufzuhalten."

„Das braucht dir nicht leid tun, Mara. Ich möchte dir jeden Wunsch erfüllen, für dich soll es nur das Beste sein."

„Du musst das aber nicht machen. Ich hätte mich auch gefreut, wenn wir in ein Lokal gegangen wären, wo das Essen nicht soviel kostet, wie ich in einen oder zwei Monaten verdiene."

„Wie gesagt, ich will nur das Beste für dich und nicht mal das würde reichen. Schließlich habe ich dich eingeladen, also brauchst du dir über die Rechnung keine Gedanken machen."

„Danke." Ich will sie mit Geschenken und Luxus überhäufen, weil ich weiß, dass sie es Wert ist Kein Geld der Welt könnte das aussagen, was ich für sie empfinde, aber ich weiß es zu schätzen, dass sie nicht so eine ist, die dies schamlos ausnutzen würde, wie die meisten Frauen auf dieder Welt. Wir müssen nicht lange auf unser Essen warten und als es uns serviert wird, streckt sie ihr Gesicht leicht über den Teller und nimmt den herlichen Duft in sich auf, den das Essen zu bieten hat und schon wieder einmal erwische ich mich dabei, wie ich sie anstarre und ich muss mich zusammenreißen, bevor sie es bemerkt. Die Vorspeise genießen wir schweigend und als die Teller wieder abgeräumt werden und wir auf den Hauptgang warten, ergreife ich das Wort: „Ich habe gesehen, dass du die ganze Woche nicht in der Kneipe warst."

„Ich wollte dir nicht begegnen aus Angst, was dann mit mir passiert."

„Wovor hattest du denn genau Angst?"

„Ich weiß es nicht genau, wenn ich ehrlich bin. Ich wollte mir einfach die Zeit nehmen und das kann ich am Besten, wenn ich daheim bin und mich durch nichts ablenken lassen kann. Wieso warst du da?", diese Frage irritiert mich ein wenig. Bevor ich jedoch nachfragen kann, was sie damit meint, redet sie auch schon weiter. „Ich dachte du wärst nur bei Beth aufgetaucht, um deine Chance zu nutzen, deinen Gewinn abzuholen."

„Bitte rede nicht von einem Gewinn, dass warst du noch nie für mich, dass habe ich dir aber auch schon erklärt. Ich war in der Kneipe, weil ich gehofft habe, dich zu sehen und weil ich Beth auch weiterhin helfen werde. Ich habe zwar ihre Schulden bei der Bank gezahlt, aber die Kneipe läuft weiterhin nicht so, wie es sein sollte, weil einfach die Planung und die Ausgaben falsch einkalkuliert sind und deswegen habe ich angeboten ihr zur Hand zu gehen." Ich sehe, dass meine Antwort sie verwirrt, sie geht aber nicht weiter auf das Thema ein, worüber ich ganz froh bin. Der weitere Abend verläuft recht gut, wir reden sehr viel, genießen unser köstliches Essen und schauen uns hin und wieder schweigend in die Augen. Als das Dessert kommt und sie den ersten Löffel davon probiert, kommt ihr ein Stöhnen über die Lippen, was meinen Schwanz sofort hart werden lässt. Ein ziemlich schlechter Zeitpunkt, denn eigentlich wollte ich es langsam angehen lassen, zu mindest habe ich mir das so lange eingeredet, bis ich es selbst geglaubt habe. Sie isst weiter ihr Dessert und leckt sich dabei genussvoll über die Lippen. Ich fange sofort an, mir vorzustellen, wie diese vollen Lippen aussehen, wenn sie meinen Schwanz von ihrem Mund überzogen wird

„Schmeckt es dir nicht?", reißt sie mich mit ihrer Frage aus meinen Gedanken.

Ich habe zwei Möglichkeiten, entweder ich tue so, als würde ich nicht gerade die schmutzigsten Gedanken auf der Welt haben und lasse dieses Date so harmlos wie nur möglich ausklingen oder aber ich gehe aufs Ganze. Was kann schon passieren? Entweder ich gewinne oder sie verlässt mich definitiv für immer und ich sehe sie nie wieder, was absolut keine Option ist. Aber ich kann und will mich einfach nicht zusammen nehmen, denn ich will diese Frau und zwar jetzt, nackt, mit gespreizten Beinen auf meinem Bett.

„Ich weiß, wie das Creme Brulee hier schmeckt", beantworte ich ihre Frage. „Ich habe nur gerade ganz andere

Gedanken im Kopf, als das ich mein Dessert esse." Sie hebt ihren Kopf und schaut mich mit lustverhangenen Augen an und ich weiß genau, dass sie weiß, welche Gedanken gerade durch meinen Kopf gehen. „Was hast du denn gerade für Gedanken?" Ich schaue mich im Restaurant um und suche den Kellner, damit wir hier so schnell wie möglich abhauen können, bevor ich sie hier gleich auf dem Tisch nehme. Ich entdecke ihn an einem anderen Tisch und winke ihn zu uns herüber. „Ich möchte bitte die Rechnung haben, wenn es geht, sofort!" Verduzt schaut mich der Ober an, fragt aber nicht nach, warum ich es gerade jetzt so eilig habe, was mir nur recht sein kann. „Wieso willst du so schnell gehen?", fragt mich Mara auf einmal. „Mein Schwanz ist gerade so hart in meiner Hose. Ich will dich jetzt, nackt, in meinem Bett." Sie reißt die Augen auf und wird auf einmal ganz rot im Gesicht, aber ich könnte wetten, dass sie zwischen ihren Beinen bereits feucht ist. Denn auch sie verspürt die Anziehungskraft zwischen uns beiden. „Okay.", mehr kommt nicht von ihr, also ist das schon mal ein Pluspunkt. Ich bezahle die Rechnung und nehme Mara bei der Hand, als sie aufsteht. „Ich kann riechen, wie erregt du gerade bist.", raune ich ihr ins Ohr. Als Antwort bekomme ich ein leichtes Stöhnen. Wir gehen zum Auto und ich kann es kaum erwarten, genauso wie mein Schwanz, dem es gerade ziemlich eng in meiner Hose wird, mit ihr ins Bett zugehen. Endlich sind wir auf der Straße, in Richtung meines Hauses.

Ich sehe eine kleine dunkle Straßenecke, in die kaum einer hineinschauen kann, schnell gehe ich auf die Bremse und fahre hinein. „Was machst du da?", als ich mit meinem Wagen anhalte, sieht mich Mara an und stellt mir diese Frage, diese dumme Frage, denn was soll ich schon in einer dunklen Straßenecke, wenn ich gerade zu ihr gesagt habe, dass mein Penis so hart ist, das er droht meine Hose zu zerreißen? „Schnall dich ab und komm zu mir auf meinen Schoß.", dies ist keine Bitte. Sie macht sofort, was ich ihr sage, eine andere Wahl hat sie ja auch gar nicht. Ich bin heilfroh, dass sie heute ein Kleid trägt, dass macht mir mein Vorhaben um so leichter. Als sie sich auf meinen Schoß setzt, spüre ich ihre Hitze und auch sie merkt jetzt, wie hart ich genau bin, was ihr ein weiteres Stöhnen entlockt. Ich nehme ihre beiden Wangen in meine Hände und ziehe ihr Gesicht zu meinem und drücke ihr einen Kuss auf die Lippen. Dieser Kuss ist zärtlich, wird aber mit meiner wachsenden Erregung immer stürmischer. Beide schwer atmend, lösen wir uns voneinander. Sie fängt an meine Hose zu öffnen, um mein Glied zu befreien, er springt ihr sofort entgegen. Ich schiebe ihr Kleid nach oben und streife dabei ihre feuchte Mitte, während ich ihren Slip beiseite schiebe. Mit zwei Finger dringe ich in sie hinein, sie ist sowas von bereit für mich. Sie stöhnt an meinem Hals und beißt dann leicht hinein, was das Tier in mir weckt, anscheinend will sie es nicht meht auf die weiche Tour. Ich hebe sie an ihrem Knackarsch, bringe sie und mich in Position und dringe dann in sie ein, was uns beide den Atem nimmt. Langsam bewege ich sie auf meinem Schwanz nach unten, bis ich ganz in ihre stecke. Ich knete dabei ihren süssen Hintern, bald wird auch der mir gehören. Sie bewegt sich jetzt von ganz alleine auf mir und wird immer schneller, normalerweise will ich bei ihr nicht so schnell zum Höhepunkt kommen, aber wenn ich sie erst eimal daheim in meinem Bett habe, kann ich mir alle Zeit der Welt lassen, um sie zu verwöhnen. Ich merke, wie sich ihre inneren Wände um mich herum zusammenziehen, sie ist kurz davor und auch ich bin soweit. „Komm für mich." Mehr braucht es nicht und wir beide kommen mit so einer Wucht, dass es fast schon nicht mehr zum aushalten ist.

Sie sackt auf meiner Brust zusammen und versucht wieder Luft zu bekommen. Ich

streichel ihr leicht den Rücken und genieße ihre Nähe, die ich seit über einer Woche so vermisst habe. „Das war aber jetzt nicht normal für ein erstes Date."
„Mara, wir sind alles andere als normal."
„Da könntest du recht haben, denn wer kann schon behaupten, dass aus einem Pokerspiel eine wahre Liebe werden kann?" Ich reiße meinen Kopf nach oben. Hat sie das jetzt wirklich gesagt? „Was soll das bedeuten? Du gibst mir also noch eine Chance?"
„Habe ich denn eine andere Wahl?", ich merke, wie sie auf meiner Brust grinst, dieses kleine Luder. „Ich habe dich so schrecklich vermisst, dass kannst du dir nicht vorstellen und als ich mir dann deine Version der Geschichte angehört habe, da konnte ich einfach nicht anders, als dass ich dir noch eine Chance gebe. Denn ja, ich liebe dich. Es ist definitiv nicht normal, so eine Frau für sich zu beanspruchen, ich hätte mir auch gerne Blumen, Pralinen und den ganzen anderen Liebeskram gewünscht, aber ich

habe dich und ein Patrick Black kann auch gewisse andere Vorzüge mit sich bringen." Ich drücke sie an den Schultern hoch von meiner Brust, um ihr in die Augen zu schauen. „Baby, alles was du dir wüschst, werde ich dir erfüllen, dass was du gerade gesagt hast, dass macht mich zum glücklichsten Menschen auf der Welt. Und jetzt lass uns fahren, ich will dich in meinem Bett und ich lass dich nie wieder gehen."

# Kapitel 14

*Mara*

Die Entscheidung ist mir nicht schwer gefallen. Ich meine, ja, so wie es passiert ist, ist nicht gerade filmreif, aber ich kann die Anziehungskraft, die er bei mir ausübt, nicht ignorieren. Wenn er bei mir in der Nähe ist, wird mir ganze heiß, meine Knie fangen an zu zittern und mein Herz setzt für ein paar Sekunden aus. Wenn das keine Liebe ist. Ich bin mir sicher, dass es ihm genauso geht. Das hier gerade in der Seitengasse, war einfach nur der Hammer. Ich merke aber gerade, als wir uns wieder auf die Straße begeben, wie sich die Müdigkeit in mir breit macht. Ich habe die letzte Woche kaum geschlafen und das wird mir jetzt zum Verhängnis. Ich nicke ein. Ich merke noch, wie wir zum stehen kommen, wahrscheinlich, weil wir angekommen sind. Er hebt mich aus dem Auto und ich schmiege mich ganz automatisch an seine breite, muskulöse Brust.

Im Haus angekommen, trägt er mich die Treppe hoch, zu seinem Schlafzimmer und setzt mich behutsam aufs Bett. Er fängt an, mich auszuziehen, weil ich vor lauter Müdigkeit nicht mal mehr dazu in der Lage bin. Als er damit fertig ist, zieht auch er sich aus und zusammen kuscheln wir uns in sein viel zu großes Bett. Ich verfalle sofort in einen tiefen, traumlosen Schlaf. Ich habe schon so lange nicht mehr so gut geschlafen, aber er liegt neben mir und das beruhigt meine Seele so sehr, dass sie sich seit einer Woche endlich wieder entspannen kann.

Am nächsten Morgen werde ich von der Sonne und noch jemand anderem wach geküsst. Ich strecke ihm leicht meinen Hinter entgegen, was ihm ein Knurren entlockt und ich spüre seine Erektion an meinem Po. „Mh, so könnte ich immer wach werden." Er lacht mir ins Ohr, was

mir eine Gänsehaut bereitet. Ich bewege mich noch ein bisschen mehr und fange an, mein Becken kreisen zu lassen, bis er mir in die Schulter beißt und mich umdreht, sodass ich jetzt unter ihm liege.
„Das gefällt mir."
„Und mir gefällt es, dass ich unter dir liege.", mit einem einzigsten Stoß rammt er sich in mich hinein, „Du bist schon ganz feucht." Er bewegt sich in einem langsamen, gleichmäßigem Rhythmus. Ich kralle meine Fingernägel in seinen Rücken, er knurrt und hält kurz inne, um mich anzusehen, „Willst du es auf die harte Tour oder soll ich dich lieben?"
„Zeig mir, wer du bist." Die Antwort kommt so schnell aus meinem Mund, dass ich sie nicht mehr aufhalten kann. Will ich denn überhaupt den harten Patrick kennenlernen? Ich komme nicht weit, um mir die Frage zu beantworten. Er dreht mich um und ich liege auf dem Bauch. „Knie dich hin, Hände ans Kopfteil, dein Arsch in die Höhe und halte dich gut fest." Ich tue, wie mir

befohlen wurde, merke dabei, dass ich immer feuchter werde und mich die Neugierde packt. Er schlägt mir auf den Hintern und eine wohlige Wärme breitet sich auf der Stelle aus. Er nimmt mich an die Hüften und bringt sich dann hinter mir in Position, bevor er jedoch in mich dringt, kommt er mit seinem Gesicht an mein Ohr: „Du weißt, dass mir dein Arsch auch bald gehören wird." Auf diesem Gebiet bin ich noch Jungfrau und ich fürchte mich ein wenig davor, denn sein Schwanz passt ja schon kaum in meine Muschi, wie soll er dann da hinten reinpassen? Er merkt meine Anspannung. „Aber nicht jetzt. Du brauchst keine Angst haben, ich werde dir nie weh tun, außer du willst es."

Er haucht mir noch einen Kuss auf die Wange, bevor er sich wieder hinter mich kniet. Ich halte die Luft an und bereite mich auf das vor, was jetzt kommt. „Bist du bereit?", ich kann nur mit dem Kopf nicken. Auf einmal werde ich mit einem heftigen Ruck nach vorn katapultiert. Die

Luft bleibt mir weg, bevor ich sie wieder finde, passiert das gleiche noch einmal. Er stößt mit so einer Wucht in mich hinein,dass ich Angst habe, er kommt aus meinem Mund wieder raus. „Gott, Mara du bist der Hammer.", höre ich ihn hinter mir schreien, bevor er ein weiteres Mal in mich rammt. Ich gewöhne mich an den Rhythmus, fange sogar an, ihn zu genießen und recke ihm somit meinem Hinter noch mehr entgegen. „Härter, bitte.", dass muss ich ihm nicht zweimal sagen. Er zieht sich komplett aus mir heraus und stößt dann mit so einer Kraft wieder zu, sodass ich mit dem Oberkörper gegen die Rückwand vom Bett krache. Beide fangen wir das Schreien an, was dann zu einem Stöhnen wird, wie wilde Tiere gehen wir aufeinander los. Er hält inne und dreht mich zu sich um, „Leg dich auf den Rücken. Ich will auf dir kommen, ich will dich zeichnen, dass dich mir keiner mehr weg nehmen kann. Du gehörst mir." Im ersten Moment weiß ich nicht, wie ich reagieren soll. Ich hatte sowas vorher noch nie gemacht und ich weiß nicht, ob es billig und schmutzig ist oder aber bei dem richtigen Mann nicht doch sexy sein kann. Ich lege mich auf den Rücken. „Spreize deine Beine, Baby", sobald ich das gemacht habe, kniet er sich zwischen meine Schenkel und fängt an seinen Penis mit der Hand zu massieren. Ich habe noch nie sowas errotisches gesehen, wie das gerade. Mir läuft das Wasser im Mund zusammen und ich wünsche mir ihn in den Mund zu nehmen. „Fass dich an." Er reißt mich aus meiner schmutzigen Fantasie und ich schaue ihn verwirrt an. „Hast du dich schon mal selbst berührt?" Ich schüttel meinem Kopf und sage ihm so stumm, nein. „Gott, jetzt lass ich dich definitiv nicht mehr gehen." Er nimmt meine Hand, mit der anderen Hand umschlingt er weiter seinen Penis. Er legt meine Hand auf meine Mitte und bewegt sie mit seiner Hand, bis er die Feuchtigkeit überall verteilt hat. Dann dringt er mit seinem und auch meinem

Finger in mich ein, es fühlt sich so gut an, ich stöhne. „Mache genau so weiter, gehe nach Gefühl und wie dein Körper auf deine Berührung reagiert." Ich befriedige mich das erste Mal selbst. Gott im Himmel ich könnte jetzt auf der Stelle kommen. „Genau so, Mara. Denk dabei an mich." Er nimmt seine Hand wieder weg und ich mache alleine weiter. Ich schaue ihm dabei zu, wie er seinen Schwanz weiter massiert. Sein Stöhnen wird immer lauter, seine Adern an den Unterarmen werden immer dicker und ich glaube, er steht kurz davor auf mir zu kommen. „Bist du soweit, Baby?", als Antwort stöhne ich, als ich mit meinem Finger in mich eindringe und mit der anderen Hand meinen Kitzler berühre. „Baby, du machst mich gerade so geil. Dir dabei zuzusehen, wie du dich selbst zum kommen bringst, ist das Schönste, was ich je gesehen habe." Seine Worte stacheln mich immer mehr an. Ich krümme meinen Finger in mir und reibe immer schneller an meinem Kitzler. „Ich komm gleich, Patrick, Oh Gott."

„Ja, Baby, komm für mich." Ich merke, wie die Feuchtigkeit aus mir herraus läuft und sich meine Wände um meinen Finger herum zusammenziehen, bis ich mit einem lauten Schrei komme. „Sieh mich an, Mara. Ich will, dass du hinsiehst, wenn ich mein ganzes Sperma auf dir verteile." Von meinem Höhepunkt wieder ein bisschen runter gekommen, mache ich die Augen auf und sehe, wie schwer er atmet. Sein Penis wird immer größer und auf einmal sehe ich, wie er kommt und auf mich spritzt. In diesem Moment fühle ich mich so groß, wie noch nie. Er zeigt mir, dass ich Macht über ihn habe, dass er alleine nur durch mich gekommen ist und das ich ihm gehöre. Daran besteht kein Zweifel mehr. Wie liegen beide nebeneinander. Er reibt über meinen Körper und verteilt somit sein Sperma auf mir, was ihm ein zufriedenes Lächeln bereitet. „Nur damit du es weißt, du machst es dir nur selbst, wenn ich dabei bin oder ich es dir sage."

„Aber ich weiß, wie es geht und es hat sich so gut angefühlt. Was ist wenn du mal nicht da bist?", will ich ihn ärgern. Dieser Spruch bringt mir aber einen Schlag auf meine Mitte ein. „Aua!"

„Dann sei nicht so frech. Ich glaube, wir sollten unter die Dusche gehen."

„Da könntest du recht haben."

Er trägt mich ins Badezimmer und macht die Dusche an, kontrolliert dann die Temperatur und steigt dann mit mir auf dem Arm hinein. Das Wasser ist wie Balsam für meine Seele. Langsam stellt er mich auf meine Füße, nimmt sich einen Schwamm und beginnt damit mich sauber zu machen. Erst meinen Hals, geht dann weiter zu meinen Schultern über, bishin zu meinen Brüste. Dort verweilt er ein bisschen länger. „Du hast so wundervolle Brüste."

„Findest du?", frage ich ihn skeptisch.

„Ja, was gibt es an ihnen auszusetzten? Bist du etwa nicht zufrieden?" Ich schaue an mir runter und sehe, wie er meine Brüste mit dem Schwamm massiert, meine Brustwarzen stellen sich sofort auf, „Könnte mehr sein."

„Sie sind perfekt, wie alles an dir." Ich genieße seine Worte, genau wie seine Berührungen. Der Schwamm fällt zu Boden, jetzt umfassen seine Hände meine Brüste. Er nimmt meine Brustwarzen zwischen Zeigefinger und Daumen und zwickt hinein. Der Schmerz schießt sofort zwischen meine Beine und ich werde schon wieder feucht, „Du bist schon wieder so geil, obwohl ich gerade erst in dir war, du kannst nicht genug von mir bekommen."

„Du doch auch nicht von mir.", entgegne ich ihm mit einem Stöhnen, als er fester in meine Brustwarzen kneift. Ich sehe, wie sein Glied wieder hart wird und das ist mir Beweis genug, dass es auch ihm so geht.

Nach dem Sex in der Dusche bin ich erschöpft. Ich höre wie mein Handy

klingelt, mag mich aber nicht bewegen. Als es nicht aufhört, muss ich wohl doch dran gehen. Ich sehe, dass es Kim ist. „Hey Maus, was ist los?" „Hast du Lust heute Abend was Trinken zu gehen?, vielleicht mit Patrick und wenn wir schon dabei sind, kann er ja auch seinen Bruder mitnehmen." Ich verdrehe die Augen über die Worte meiner Freundin. Ich habe ihr gestern eine kurze Nachricht hinterlassen und sie auf den neusten Stand der Dinge gebracht. „Ich muss Patrick noch fragen, vielleicht hat er ja etwas anders vor",lüge ich sie an, weil ich nicht mit Cal was trinken gehen will, das kann ich ihr aber nicht sagen, weil ich sie nicht verletzten will. „Dann frag ihn."
„Jetzt sofort?"
„Ja, was dachtest du denn, in hundert Jahren?"
„Okay, warte kurz." Ich lege das Handy auf die Seite und will zu Patrick gehen, um ihn zu fragen. Bitte lieber Gott, lass ihn „nein" sagen. Meine Gebete werden aber nicht erhört, denn er sagt: „ja! Wann

und wo?". Meine Freundin freut sich so sehr, dass sie mir ins Ohr schreit, woraufhin ich das Handy gleich eine Armlänge weit weg halte, damit ich keinen Tinitus bekomme, „Aber ihr nehmt auch Cal mit?"
„Ja ‚wir werden ihn mitnehmen.", dass wird bestimmt ganz lustig.

# Kapitel 15

*Patrick*

Wie lange ist es jetzt her, dass ich das letzt Mal mit meinem Bruder was trinken war? Ich frage mich immer noch, warum er unbedingt mitgehen musste. Mara erklärte mir aber, dass Kim ihn unbedingt dabei haben wollte, weil sie wohl irgendwie Interesse an ihm hat. Interesse an Cal, dass kann ich nicht glauben. Er ist ein eingebildeter Arsch, der viel zu sehr von sich überzeugt ist und jeder Frau hinterher schaut und es leider auch mit jeder Frau treibt. Ob ich mich darüber beschweren sollte? Bestimmt nicht, denn ich war ja auch so, bis Mara mir über den Weg gelaufen ist. Ich kann es immer noch nicht fassen, dass sie mir mehr oder weniger verziehen hat, mich liebt und mit mir zusammen sein will. Da ist es mir auch recht, dass wir gleich mit ihrer Freundin und meinen Bruder was trinken gehen. Wenn nur sie an meiner Seite ist, dann kann ich alles ertragen.

Ich bin schon längts fertig und warte auf Mara, als ich auf meine Uhr schaue, sehe ich, dass wir jetzt wirklich los müssen, wenn wir es noch rechtzeitig schaffen wollen. „Mara, bist du fertig? Wir müssen los!", schreie ich ihr nach oben ins Bad, wo sie sich zuletzt aufgehalten hat, als ich nach ihr geschaut habe. „Ich komme gleich." Na das hoffe ich doch, dass sie das später auch noch schreit, wenn wir wieder zu Hause sind. Das sage ich ihr aber mal lieber nicht.

Wenig später kommt sie die Treppe runter und mir verschlägt es den Atem. Sie trägt ein schwarzes Kleid, dass sich perfekt an ihre Kurven schmiegt. Die Haare fallen ihr in leichten Locken über die Schulter, sie trägt ein leichtes Make up, was wunderbar zu ihr passt, weil sie eine Naturschönheit ist. Sie geht an mir vorbei, um ihre Tasche zu holen. Diese Gelegenheit lasse ich mir nicht entgehen, um ihr auf den Arach zu schauen, da sehe ich ihren tiefen Rückenausschnitt. Wenn mein Schwanz nicht gerade schon hart geworden wäre, dann würde er es jetzt definitiv werden, bei dem Anblick. „Ich will dich jetzt, hier, sofort, lass uns das absagen." Sie kichert leicht, was ihr eine Jugendhaftigkeit verleiht, die sie nur noch mehr leuchten lässt. Ich weiß nicht, wie ich das den ganzen Abend aushalten soll, ohne sie aufs Klo zu zerren, damit ich sie dort Vögeln kann. „Was ist? Kannst du dich nicht mehr bewegen?" Ich habe gar nicht gemerkt, dass sie mir die Hand hingetreckt hat, sodass wir gehen können. Ich ziehe einen Schmollmund, weil ich nicht gehen will. Ich will ihr das Kleid vom Körper reißen und sie hier an der Wand ficken, „Komm ich habe mich so auf den Abend gefreut."

„Gut, dann muss es ebend so sein, aber wehe du trinkst heute Abend zu viel. Denn das, was ich mir gerade in meiner Fantasie zusammen spiele, dass werde ich später nachholen und ich weiß jetzt schon, dass du schreien wirst."

„Damit kann ich leben." Sie wirft mir noch ein letztes süßes Lächeln zu, bevor sie meine Hand ergreift und wir raus zu meinem Wagen gehen.

Im Restaurant angekommen, sehen wir Kim schon auf unserem Platz sitzen. Es ist eine kleine, ruhige Ecke, in der wir ungestört sitzen und was trinken können. Was mir nur recht sein soll, denn so wie Mara heute aussieht, möchte ich nicht, dass ein anderer Mann sie ansieht. Nur ich darf sie so lüstern ansehen, denn sie gehört mir und das werde ich jedem hier drin klar machen. Wir gehen zu unserem Platz und Mara begrüßt sofort ihr beste Freundin, sobald sie mit ihrem Küsschen hier und Küsschen da fertig sind, wende auch ich mich zu Kim und gebe ihr die Hand. „Wo ist Cal?", die Frage kommt wie aus der Pistole geschossen.

„Wird gleich kommen. Ich habe ihm bescheid gesagt, in welcher Bar wir uns befinden und um wieviel Uhr." Sie

Lächelt nur und widmet sich dann wieder Mara.

Der Kellner kommt und will unsere Bestellung aufnehmen. Ich bestelle mir ein Bier und für die beiden Frauen eine Flasche des besten Rotweines. Nach einem kurzen Blick zu den beiden weiß ich, dass sie damit einverstanden sind. Der Kellner verschwindet und kurze Zeit später werden auch schon unsere Bestellungen gebracht. „Wow, das geht aber schnell", kommt es von Mara und ihrer Freundin, wie aus einem Mund, geschossen. „Das ist der kleine Vorteil, wenn jeder weiß, wer du bist und du unmengen an Geld auf dem Konto hast." Sie verzieht leicht den Mund. „So meinte ich das nicht, ich weiß, dass du nicht so bist, wie alle anderen Frauen. Du stehst auf eigenen Beinen und brauchst mein Geld nicht, aber du musst dich auch daran gewöhnen, wenn du mit mir zusammen bist." Ich sage das mit einem fetten Grinsen im Geischt, weil ich sowas noch nie gesagt habe und es fühlt sich gut an, dass werde ich bestimmt jetzt öfter sagen. Die beiden Frauen nehmen den ersten Schluck und es kommt ein genussvolles Stöhnen über den Tisch. Ich sehe Mara in die Augen und sie zwinkert mir leicht zu. „Da ist wohl einer heute in Spiellaune.", raune ich ihr ins Ohr und ich kann erkennen, dass sie auf ihren Armen eine Gänsehaut ausbreitet. Lang wird dieser Abend heute nicht dauern, damit muss sie sich schon mal abfinden, denn seitdem ich sie zu Hause in dem Kleid gesehen habe, ist mein Schwanz dauersteif. Ich fasse mir unterm Tisch zwischen die Beine und rücke ihn ein bisschen zurrecht, damit er mehr Platz hat. Kim schaut die ganze Zeit zwischen ihrer Armbanduhr und der Tür hin und her. Ich weiß auf was sie wartet, ich hoffe nicht, dass er gerade zwischen den Beinen einer Frau liegt, was meinem Bruder sehr ähnlich sehen würde. „Ich denke er wird gleich kommen.",sage ich zu ihr, um ihre Stimmung ein bisschen aufzubessern, was hilft, denn sie wirft mir ein Lächeln zu.

Nun konzentriere ich mich wieder auf die wunderschöne Frau neben mir, denn wenn ich schon leiden muss und sie nicht ficken darf, dann werde ich dafür sorgen, dass sie genauso leidet. Mit meiner Hand gehe ich unter den Tisch und suche ihr Bein, was ich schnell gefunden habe. Leicht schiebe ich das Kleid ein bisschen nach oben und gleite mit meiner Hand ihren Oberschenkel nach oben. Schon wieder bekommt sie diese verführerische Gänsehaut. Sie will meine Hand wegdrücken, doch da kennt sie mich schlecht. Ich will noch weiter nach oben gehen, um an ihren Slip zu gelangen, doch was ich da fühle, ist nicht ihr Höschen. Es sind ihre nackten Schamlippen. Entsetzt schau ich zu ihr rüber und sie besitzt die Frechheit, mich mit einem Grinsen anzuschauen. Dieses kleine Luder, sie hat keinen Slip an, sie ist völlig nackt unter ihrem Kleid, denn auch einen BH kann sie bei dem

Rückenausschnitt unmöglich tragen. Mein Schwanz wird gerade schmerzlich größer, größer als er vorher schon war. Langsam bekomme ich Probleme in meiner Hose.

Ich will gerade ihre Schamlippen teilen, damit ich mit meinem Finger hindurch gleiten kann, als ich hinter mir jemanden höre: „Hey Bruderherz, darf ich heute Bekanntschaft mit deiner Süßen machen?", na super, der perfekte Zeitpunkt. Das schafft auch nur Cal. Ich ziehe meine Hand nur ungern von ihrer Mitte weg, aber ich will ja nicht, dass Kim und mein Bruder mitbekommen, dass ich Mara gerade mit meinem Finger unter dem Tisch in einem Sterne Restaurante ficken wollte. Ich stehe auf, um Cal brüderlich in den Arm zunehmen, „Cal das ist Kim, Kim das ist Cal, mein Bruder", stelle ich die beiden vor. Mara erzählte mir ja schon, dass Kim ein Auge auf ihn geworfen hat, also spiele ich mal ein bisschen den Verkupler. Vielleicht habe ich ja Glück und die beiden verstehen sich so gut, dass Mara und ich ein bisschen Privatsphäre haben. Wie ich sehe, scheint es auch zu funktionieren. Cal bestellt sich ein Bier und ich mir noch ein zweites, danach widmet er sich wieder Kim, anscheinend findet er auch an ihr gefallen.

Der Abend läuft nicht mal so schlecht, wie ich gedacht habe. Wir lachen, erzählen uns Geschichten von früher und trinken mehr, als ich eigentlich vor hatte zu trinken. Mara und Kim wollen aufstehen, um auf die Toilette zu gehen. Beim Aufstehen halte ich sie am Handgelenk fest und ziehe sie zu mir herunter, um ihr einen Kuss zu geben. Als ich mich wieder umdrehe, um mit meinem Bruder weiter zu quatschen, sehe ich, wie er den beiden Frauen hinterher schaut. „Man Alter, was hast denn du da für eine geile Schnitte? Hast du mal ihr Kleid angesehen und ihre Kurven dazu? Hast du nicht Bock zu tauschen?". Ich glaube, ich muss gleich jemanden

umbringen, so rasend wütend machen mich die Worte von Cal. Mit zusammen gebissenen Zähnen schaue ich ihn an, „Lass ja deine dreckigen Finger von Mara oder du hattest die längste Zeit welche."
„Das ist Mara? Vater im Himmel, gib mir Kraft. Wieso habe ich sie mir nicht auf der Uni klar gemacht?"
„Cal übertreib es nicht." , mittlerweile stehe ich und beuge mich leicht über den Tisch, sodass er sieht, dass ich es ernst meine. Er hebt seine Hände, schaut mich an und sagt dann: „Schon gut, komm mal wieder runter, ist doch nur Spaß, aber eins musst du mir glauben, sie ist wirklich mehr als heiß." , damit beruhigt er mich nicht. Dennoch ist es zu spät, um ihn umzubringen, denn die zwei Damen kommen gerade wieder zu uns. Mara muss die Anspannung mitbekommen haben, denn sie schaut mich skeptisch an.
„Ist alles okay?"
„Ja, alles gut." Ich zinge mir ein Lächeln ab, damit sie mir auch glaubt, dass alles in Ordnung ist. Wir bestellen uns noch

weitere zwei Biere und für die Frauen diesmal einen fruchtigen Cocktail. Gott sei Dank lässt Cal Mara in Ruhe, dennoch merke ich, wie er sie andauernd ansieht, was mein Blut schon langsam zum kochen bringt. Ich beuge mich zu Mara, nehme ihr Kinn in meine Hand und ziehe ihren Kopf zu mir, sodass ich ihr einen langen heftigen Kuss geben kann.

Als ich fertig damit bin, um ihr und auch Cal zu zeigen, zu wem sie gehört, bekommt sie kaum noch Luft. „Wow, was war das denn gerade?"

„Ich wollte dir nur noch mal klar machen, dass du mir gehörst."

„Das weiß ich doch auch so, das musst du mir nicht andauernd zeigen."

„Und ob ich das muss und will, gewöhne dich besser daran." Ich widme mich wieder meinem Bier und sehe, dass mich Kim ganz verdutzt anschaut. „Schmeckt dein Cocktail?", frage ich sie mit einem Grinsen im Gesicht. Sie verschluckt sich fast, dennoch nickt sie mit ihrem Kopf. Sie weiß nicht, was sie sagen soll oder wie sie mich einschätzen soll. Was nur gut für sie ist, denn keiner soll sich mir in den Weg stellen, wenn es um Mara geht, um meine Frau, um mein ein und alles. So lange musste ich auf sie warten, es soll nur einer kommen und probieren sie mir weg zu nehmen.

# Kapitel 17

*Mara*

Der Abend war sehr schön, wir haben viel getrunken, geredet. Kim und Cal sind sich auch ziemlich nahe gekommen, was mich wirklich freut für meine Freundin. Sie hatte in letzter Zeit nicht gerade Glück mit den Männern. Es kam ein Arschloch nach dem anderen, aber Cal scheint mir doch von den ganzen Kerlen, der vernünftigste zu sein. Patrick leert sein Bier und schaut dann zu mir und meinem Cocktail in der Hand. „Bist du fertig?" Ich kann mir denken, dass er es eilig hat, bei dem Outfit, was ich mir heute rausgesucht habe. Ich wollte das ihm die Augen aus dem Kopf fallen, wenn er mich darin sieht und das ich darunter auch keine Unterwäsche trage, war für mich ein kleiner Bonus. Denn als er es merkte, konnte ich seinen harten Penis in der Hose schon in Gedanken spüren. Ich schaue ihm in die Augen, „Hast du es denn eilig nach Hause zu kommen?", frage ich ihn mit einem Grinsen im Gesicht. „Mara, stelle mich nicht noch mehr auf die Probe. Du weißt es ganze genau." Er beugt sich leicht zu mir rüber, um mir ins Ohr zu Flüstern: „Mein Schwanz ist schon seitdem du die Treppe runtergekommen bist und ich dich in diesem Kleid gesehen habe, hart. Als ich dann noch mitbekommen habe, dass du darunter quasi nackt bist, wollte ich dich am liebsten hier auf dem Klo ficken.", während er mir das sagt, streift sein Mund meine Wange und ich bekomme eine Gänsehaut. Zur Bestätigung nimmt er meine Hand und legt sie sich in den Schritt, wo ich seine Beule spüren kann. Sie ist so groß, dass ich Angst habe, seine Hose könnte reißen.

Schnell trinke ich meine Cocktail aus, schaue ihm dabei tief in die Augen und bewege meine Hand auf seinem Ständer, massiere ihn dabei an der Eichel, was ihm ein tiefes Knurren entlockt. Er fängt an schwer zu atmen, nimmt dann aber meine Hand und stoppt mich. „Wenn du nicht willst, dass ich wie ein Teenager in meiner eigenen Hose komme, dann solltest du damit aufhören.", mit errektem Blick schaut er mich an und ich muss mir ein Lachen verkneifen. Ich schaue zu Kim, die sich gerade mit Cal unterhält, beide haben, Gott sei Dank, nichts mitbekommen. Ich stoße sie unterm Tisch mit meinem Fuß an, damit ich ihre Aufmerksamkeit bekomme, was sich schwieriger herausstellt als ich dachte, „Erde an Kim." Sie wendet endlich ihren Blick von Cal und schaut mich an, „Hast du was gesagt?"

„Nein, aber wollte ich gerade."

„Oh, okay sorry, was wolltest du denn sagen?"

„Wir werden uns jetzt verabschieden. Es ist schon spät und ich bin müde.", lüge ich meine Freundin an, denn ich bin alles andere als Müde und habe auch ganz anderes im Sinn, als schlafen zu gehen,

„Schade, dass ihr nicht länger bleiben könnt, es ist gerade so schön geworden."
„Na, wie ich sehe, hast du ja die beste Unterhaltung und dir wird bestimmt nicht langweilig." Mit einem kleinen aber bösen Funkeln in den Augen sieht sie mich an, ich finde es so lustig, dass es ihr anscheinend peinlich ist, zuzugeben, dass sie sich mit Cal auch prächtig, ohne uns amüsiert. „Ich ruf dich morgen an. Kommt gut nach Hause."
Wir erheben uns und Patrick wirft ein paar Scheine auf den Tisch, um unsere Getränke zu bezahlen. Danach verlassen wir das Restaurant und gehen zum Auto. Auf der Heimfahrt ist es still im Auto, dennoch spüre ich die elektrisierende Spannung in der Luft. Ich freue mich so sehr darauf, wenn wir daheim sind und er mich endlich nimmt, so wie ich es mir den ganzen Abend schon gewünscht habe.

Als wir vor dem Haus ankamen, bin ich hibbelig, so sehr freue ich mich auf das, was gleich kommen wird. Er steigt aus,

geht ums Auto und macht mir die Beifahrertür auf, aber nicht so, dass ich austeigen kann. Nein, er nimmt mich in den Arm und hebt mich aus dem Auto, sodass er mich so zum Haus tragen kann. Ich schmiege mich an seine harte Brust und atme seinen Duft ein, „So sehr ich dieses Kleid auch an dir liebe, aber wenn wir gleich im Schlafzimmer sind, werde ich es dir vom Leib reißen und dich dann hart gegen die Wand ficken. Ich werde heute keine große Geduld haben, nur das du schon mal bescheid weißt."
„Tu dir keinen Zwang an."
„So gefällst du mir, Baby.", seine Vorwarnung hat mich gerade noch heißer gemacht. Oben angekommen, lässt er mich runter und stellt mich auf meinen Füßen ab. Er lässt mich erst los, wenn er sicher ist, dass ich stehe. Er sieht mich mit einem hungrigen Blick an, der meine Knie weich werden lässt, „Ich kann riechen, wie erregt du bist, Baby." Ich schau an ihm runter, „Und ich kann sehen, wie erregt du bist." Mit einem

Schmunzel erhebe ich meinen Blick wieder und schaue ihm in die Augen. „Ich glaube, bevor ich dich gleich ficke, sollte ich dir erst einmal deinen frechen Mund stopfen." Voller Lust schaue ich ihm weiter in die Augen. Ich verspüre keinerlei Angst, ob das gut oder schlecht ist, bei den Worten, die er mir gerade gesagt hat, wird sich noch rausstellen. „Schieb dein Kleid nach oben, dann geh runter auf die Knie. Ich will deinen Arsch sehen.", während er das sagt, macht er seine Hose auf und schiebt sie sich mit der Boxershort nach unten. Ich kann sehen, wie mir sein hartes Glied entgegen springt. So wie er es mir befohlen hat, schiebe ich mein Kleid nach oben und knie mich vor ihm hin. „Gut so, Baby, und jetzt will ich, dass du meinen Schwanz in den Mund nimmst." Mit meiner Hand greife ich nach seinem Penis und bewege seine Vorhaut nach unten und wieder hoch. Er fängt an zu stöhnen. „Baby, so ist es gut und jetzt mach deinen Mund auf." Ich befeuchte meine Lippen und nehme ihn in den Mund. Erst seine Eichel, wobei ich sie mit meiner Zunge umkreise und den ersten Lusttropfen ablecke. Er schmeckt so gut. Ich nehme ihn immer weiter in den Mund, sein Stöhnen wird immer lauter. Ich merke, wie er seine Hand an meinen Hinterkopf legt. Er stößt mit seinem Becken nach vorne und aus meinen Auge kommt eine einzelne Träne, weil er so tief in mich eingedrungen ist. Ich muss mich erst an seine Größe gewöhnen, besser gesagt, mein Mund. Ich werde immer sicherer und bewege mich immer schneller. Er packt meine Haare, damit er meinen Mund von seinem Schwanz weg zieht, er gleitet nass aus meinem Mund. Leicht zieht er an meinen Harren und gibt mir zu verstehen, dass ich aufstehen soll. Ich schaue zu ihm hoch und in meinem Blick steht die Frage, ob es nicht gut war. Er muss es in meinem Blick sehen, denn er sagt zu mir: „Es war der Wahnsinn, aber jetzt will ich dich ficken, sonst werde ich noch in deinem Mund kommen.", als ich wieder stehe, zerreißt er mir, wie vorhin gesagt, dass Kleid vom Leib und ich stehe vor ihm, wie Gott mich erschaffen hat, nackt. „Du siehst einfach nur atemberaubend aus." Er packt mich am Po, hebt mich hoch und automatisch schlinge ich die Arme um seinen Nacken und meine Beine um seine Hüfte. Seine Hose und die Boxershrots hat er sich bereits ausgezogen. Er drückt mich gegen die Wand. Ich zerre an seinem Hemd, die Knöpfe fliegen davon, genauso wie sein Hemd. Jetzt ist auch er nackt. Himmlisch. Mit einem gewaltigen Stoß dringt er ohne Probleme in mich ein. Er bewegt sich schnell in mir, raus und wieder rein, ohne Gnade und es gefällt mir. Wir brauchen nicht lange bis wir beide unseren Höhepunkt erreicht haben und sacken dann schwer atmend an der Wand zu Boden.

Er dreht sich mit mir im Arm zur Seite und so liegen wir eine Zeit lang beide, eng umschlungen, auf dem Boden. „Wir sollten ins Bett gehen." Ich bekomme nicht mehr als ein „Mh." Raus. Denn ich bin zu müde, um mehr zu sagen. Patrick merkt es und hebt mich hoch um mich ins Bett zu tragen, dort kuscheln wir uns beide wieder aneinander und schlafen ein.

Am nächsten Morgen wache, ich wie frisch geboren auf, mir geht es herrlich. Ich steige aus dem Bett und will mir meinen Bademantel umwerfen, da merke ich, dass wir ja gar nicht bei mir daheim sind, dann muss ich Patrick wohl nackt in der Küche überraschen. Als ich die Treppe runtergehe, rieche ich schon Kaffee. Ich komme in die Küche und da steht er, wie ein Gott, an der Küchentheke und will gerade zwei Tassen voll Kaffee einschenken, als er mich bemerkt. Er dreht sich langsam, fast wie in Zeitlupe, zu mir um. Ich werde schon wieder feucht. „Guten Morgen, Baby, hast du gut geschlafen?" Ich gehe so elegant und sexy, wie nur möglich auf ihn zu, Kaffee interessiert mich momentan einen Scheiß. „Baby, so sehr ich diesen Anblick auch liebe, dafür haben wir jetzt keine Zeit. Ich muss gleich ins Casino, nach dem Rechten schauen." Ich ziehe eine Schnute und bin schon fast ein wenig beleidigt, weil er mich abweist ~~tut~~, aber er hat recht, wir können nicht die ganze Zeit nur miteinander schlafen.

Bei ihm angekommen, gebe ich ihm einen Kuss auf die Wange und nehme ihm eine Tasse Kaffee aus der Hand. „Wir holen das später alles nach, versprochen.", damit kann ich leben. Wir trinken beide unseren Kaffee, gehen dann gemeinsam nach oben und machen uns fertig. Er setzt mich bei der Kneipe ab, weil ich ihn darum gebeten habe, mich nicht nach Hause zu fahren. Ich möchte nach Kim und meiner Tante sehen. „Wie sehen uns später, soll ich dich nach deiner Schicht abholen?"

„Ja, das hört sich super an. Danke für den tollen Abend."

„Nicht dafür, Baby. Du gehörst mir und für dich soll es nur das Beste sein."

Mit einem Grinsen im Gesicht gehe ich in die Kneipe. Ich sehe sofort Kim, wie sie an der Theke steht und geistesabwesend über die Oberfläche wischt. „Hey, Süße was ist los?". Sie schaut mich an und ich kann sehen, dass eine Träne ihre Wange hinunterläuft. Ich nehme sie an die Hand und gehe mit ihr zu einem der Tische. Da die Kneipe ja noch geschlossen ist, haben wir hier unsere Ruhe. „Erzähl mir was passiert ist." Sie schluckt und muss sich noch mehr Tränen verdrücken. Leicht streichel ich ihr über den Rücken und zeige ihr somit das ich für sie da bin. „Mara, gestern als ihr gegangen seid, da saß ich noch mit Cal eine Weile lang da. Wir haben getrunken, geredet und hatten echt Spaß." Sie macht eine kurze Pause und ich hoffe das der Arsch nicht daran Schuld ist, dass es meiner Freundin schlecht geht. „Wir haben dann gezahlt und er fragte mich, ob ich nicht noch Lust hätte, mit zu ihm zu gehen, auf ein Bier, weil der Abend soviel Spaß gemacht hat. Ich konnte nicht „nein" sagen. Also sind wir zu ihm und dann ist es passiert, wir hatten Sex, den besten grandiosesten Sex, den ich jemals hatte. Mara, es war der Hammer."

„Dann vertsehe ich aber nicht, warum du so traurig bist."
„Weil er sich nicht mehr meldet. Er reagiert auf keine Nachricht. Wenn ich anrufe, drückt er mich weg oder die Mailbox geht ran." Ich muss schon fast laut lachen, kann es mir aber verkneifen, „Schatz, dass war gestern. Es ist erst ein paar Stunden her, gib ihm doch mal etwas Zeit. Vielleicht hat er ja zu tun, ist auf Arbeit, mit Freunden weg oder im Fitnessstudio. Warte einfach noch ein bisschen ab."
Mit einem winzigen Lächeln schaut mich meine Freundin an, „Du hast recht, ich bin so blöd." Ich nehme sie in den Arm und gebe ihr einen Kuss auf die Wange.
Ich warte bis sie sich wieder einigermaßen beruhigt hat und gehe dann

zu Beth, die ich ja auch schon seid einigen Tagen nicht mehr richtig gesehen habe.

An ihrem Büro angekommen, klopfe ich an und warte, bis sie mich herein bittet. Wir reden kurz über die Arbeit und sie fragt mich, ob es mir gut geht. Ich erzähle ihr die Kurzfassung von der Versöhnung mit Patrick, was sie misstrauisch aber auch gleichzeitig glücklich macht, weil ich glücklich bin. „Ach ja Mara, bevor ich es vergesse, ich habe zwei nette Mädels eingestellt für den Thekenbetrieb. Kim hat in deiner Abwesenheit schon mit ihnen gearbeitet und ihr Okay gegeben. Jetzt seid ihr beide auch ein bisschen entlastet und könnt euch auch mal ein paar Tage frei gönnen." Ein bisschen enttäuscht, weil sie mich nicht mit einbezogen hat, sondern Kim schaue ich sie an und nicke. Ich dürfte eigentlich nicht enttäuscht oder sauer sein, Kim ist genau der gleichen Meinung, wie ich, wenn es um die Arbeit geht und die Tage, an denen ich nicht da war, die brauchte

ich einfach. „Es wird schon alles passen."
, sage ich ihr schlussendlich und gehe wieder aus ihrem Büro.

Der Abend in der Kneipe verläuft ruhig, die zwei Frauen, die Beth eingestellt hat, sind nett, hübsch und haben echt was auf dem Kasten. Ich denke, dass wir ein gutes Team bilden werden. Die letzten Gäste machen sich schon langsam auf den Heimweg. Ich wische über die Tische, als ich merke, wie die Tür aufgeht. Gerade will ich sagen, dass wir gleich schließen, als ich Patrick entdecke. Die zwei neuen, sie heißen Amber und Carol, wie ich mitbekommen habe, schauen sofort zu ihm und durch meinen Körper schießt die Eifersucht. Ich mache den Tisch noch schnell sauber, gehe dann zu Patrick, schlinge meinen Arme um ihn und geben ihn einen nicht gerade jugendfreien Kuss. „Der gehört mir." , sage ich zu Amber und Carol, die darauffhin gleich beschämend den Blick senken. Patrick schmunzelt und muss sich zusammenreißen nicht gleich laut zu lachen. „Was ist dabei so witzig?"

„Nichts, ich finde es ziemlich heiß, wie du den anderen zeigst, dass sie die Finger von mir lassen sollen." Ich haue ihm auf die Schulter, muss dennoch bei seinen Worten lachen.

„Bist du fertig mit der Arbeit, so das ich dich jetzt endlich in mein Bett bringen kann?"

„Ich bitte darum."

# Kapitel 18

*Patrick*

Die Versöhnung mit Mara war das Beste, was mir passiert ist. Ich kann es immer noch nicht glauben, dass sie nun endlich mir gehört. Das hat sie zwar schon seitdem Tag, an dem ich sie das erste Mal gesehen habe, aber jetzt ist es auch offiziell. Wir haben schnell unseren Alltag gefunden. Wir werden miteinander wach, küssen uns, ich versinke tief in ihr drin, bis wir aufstehen, Kaffee trinken und frühstücken. Dann gehen wir zusammen duschen, wo ich sie gleich noch einmal nehme, bis wir schließlich zusammen aufbrechen, ich sie zur Arbeit bringe und mich dann selbst auf den Weg ins Casino mache. Aber irgendetwas stimmt nicht mit ihr, dass habe ich in den letzten Tagen gemerkt, ich nehme mir vor, dass ich sie heute, wenn ich sie von der Arbeit hole, danach frage.

Als ich im Casino ankomme, ist noch nicht viel los. Die Meisten kommen erst gegen Abend, dann wird es voll, aber zum Glück habe ich ein gutes Personal, dass sich über alles kümmert und den Überblick behält, wenn ich nicht anwesend bin. Ich sitze nun an meinem Schreibtisch und überfliege den Papierkram, der sich seit den letzten Tagen angesammelt hat, als es an der Tür klopf. Bevor ich jedoch herein sagen kann, kommt auch schon Cal rein, „Hast du schon mal was von warten gehört?", fahre ich ihn an. „Dir auch einen schönen Tag, Bruder." Er kommt ganz in mein Büro, nimmt sich ein Glas und schenkt sich einen Scotch ein, bis er sich in den gegenüberliegenden Sessel setzt, der vor meinem Schreibtisch steht. „So früh am Morgen schon Alkohol, was ist los?" Ich schaue ihn musternd an, um heraus zu finden, ob was nicht stimmt und außerdem kommt mein Bruder nicht einfach ohne Grund zu mir, „Nichts, darf ich dich nicht einfach mal besuchen?"

„Doch, aber das machst du nie, also sag, was ist los?"

„Ach, die Weiber mal wieder!"

„Hast du dich etwa wieder mit zwoen gleichzeitig getroffen und sie haben es herausbekommen?", dass macht er nämlich öfter und ich habe ihn dann immer aus dem Schlamassel helfen dürfen. Ich habe aber jetzt Mara, also muss er mit seinen Frauengeschichten jetzt selber zurecht kommen. „Du weißt doch noch den Abend als wir alle was trinken waren, da seid ihr früher gegangen und ich bin mit Kim noch etwas geblieben. Tja, was soll ich sagen? Ich habe sie mit zu mir genommen und habe sie gevögelt und jetzt lässt sie mich nicht mehr in Ruhe." Ich kann nur mit den Augen rollen, denn das ist mal wieder so typisch Cal, dass er nicht mal die Finger von der besten Freundin meiner Freundin lassen kann. „Was soll ich jetzt darauf sagen, Cal? Du weißt, dass sie Maras beste Freundin ist und das dir Mara den Schwanz abreißt, wenn sie das erfährt."

„Ich glaube, dass deine Süße es schon längst weiß, du kennst doch Frauen, die reden immer gleich über sowas."
„Und was willst du jetzt machen? Willst du sie weiter ignorieren?" Cal schaut mich an, trinkt seinen Scotsch auf einen Schluck aus und knallt dann das Glas auf meinen Schreibtisch. Ich schaue ihn aus zusammen gekniffenen Augen an. „Was ist?"

„Du weißt schon, dass der Schreibtisch mehr kostet, als du jemals verdienen wirst?"
„Kannst du mir jetzt helfen oder nicht?"
„Da musst du wohl alleine aus dem Schlamassel raus, denn ich riskiere keinen Streit mit Mara, nur weil du deinen Schwanz nicht in der Hose lassen konntest.", damit habe ich ihm alles gesagt, was ich über das Thema denke. Er muss selber wissen, was er jetzt macht, wir sind schließlich keine Teenies mehr.

Ich wende mich wieder meinem Laptop zu und mache weiter mit meiner Arbeit, gebe so Cal zu verstehen, dass ich nichts mehr zu sagen habe und das er gehen kann. Als ich wieder alleine in meinem Büro sitze, muss ich sofort an Mara denken und weiß jetzt auch den Grund für ihre miese Laune in den letzten Tagen. Es liegt schlicht und ergreifend daran, dass es ihrer Freundin offensichtlich mies geht. Ich hole mein Handy aus der Tasche und schreibe ihr eine Nachricht.

> *Baby, mache doch heute was mit Kim. Ich habe noch jede menge Arbeit nachzuholen und du kannst dich mal wieder deiner Freundin widmen. Xxx Patrick.* <

Das mit der Arbeit ist zwar gelogen, aber ich will, dass sie sich um ihre Freundin kümmert, ich werde schon eine Beschäftigung finden, der ich mich heute widmen kann. Es dauert nicht lang da kommt auch schon eine Antwort von ihr.

*< Macht es dir nichts aus? Kim geht es nicht gut und ich glaube, sie braucht jemanden zum reden, ich werde dir Morgen alles erzählen. Xxx Mara. >*

Da soll noch einmal einer sagen, ich wäre egoistisch, wenn es um Frauen geht, denn obwohl ich heute vor hatte, die ganze Nacht mit Mara zu verbringen, lasse ich sie zu ihrer Freundin. Obwohl es mir gar nicht gut dabei geht, denn irgendetwas sagt mir, dass aus dieser Sache noch etwas Großes wird, aber ich muss wohl mein ungutes Gefühl beiseite schieben. Ich vertraue Mara und das was ich ihr sagen will, was ich ihr anbieten will, muss warten bis ich sie wieder bei mir habe. Meine Arbeit habe ich erledigt, nun gehe ich durch das Casino und beobachte die Leute, die an den Tischen spielen. Immer wieder habe ich das Bild vor Augen, wie Maras Vater an einem der Tische saß und mir das Angebot meines Lebens machte. Es hätte auch alles anders ausgehen können, in einem Chaos, dennoch ist sie bei mir, an meiner Seite und eins steht fest, ich lasse sie nie wieder gehen.

Die Idee die ich im Kopf habe, womit ich Mara mit etwas überraschen will, wird immer präsenter und ich bin mir sicher, dass sie dies nicht ablehnen wird und auch nicht kann. Fertig mit meiner Runde, gehe ich noch schnell zu Michael, um abzuklären, ob es noch irgendwas gibt, was er mit mir besprechen will, bevor ich nach Hause fahre, diesmal ohne Mara. Diese eine Nacht werde ich schon verkraften, denn wenn ich ihr das sage, was ich ihr sagen will, wird sie für immer an meiner Seite sein. Ich kann jeden Abend neben ihr einschlafen und jeden Morgen neben ihr aufwachen.

Das ist mein Ziel.

# Kapitel 19

*Mara*

Ich habe mich zuerst über die SMS gewundert, die mir Patrick geschrieben hat, dennoch bin ich froh, so kann ich mich ein bisschen um Kim kümmern.

Eine Woche ist jetzt vergangen, als ich ihr sagte, dass sich Cal schon noch melden wird und das sie sich keine Gedanken machen soll, nur weil er sich nicht gleich am nächsten Tag meldet. Was habe ich jetzt nun davon, eine traurige Kim, die ich jetzt wieder aufpeppeln darf. Keine Ahnung, was mit Cal los ist, so hätte ich ihn eigentlich nicht eingeschäzt oder vielleicht doch? In der Kneipe ist es heute Abend, Gott sei Dank, ruhig, dass mag daran liegen, dass wir jetzt zu viert sind und Kim und ich uns nicht mehr so abhetzten müssen.

Ich sehe meine Chance, gehe zu Kim und sage ihr, dass wir jetzt Feierabend machen und irgendwo was trinken gehen, so wie in alten Zeiten. Zuerst will sie absagen und überlegt sich eine Ausrede, aber ich kenne meine Freundin, aus dieser Sache kommt sie nicht mehr raus. Denn ich weiß, dass sie heute nichts mehr vor hat und auch nichts vorgehabt hat, irgendwas anderes zu machen. Außer auf ihrer Couch sitzen, tonnenweise Schokoeis in sich zu schaufeln und dann irgendwann mit Bauchschmerzen und Tränen in den Augen ins Bett geht. „Also können wir abhauen?", sage ich schließlich zu Kim, die nur mit dem Kopf nickt. Wir packen beide unsere Taschen, gehen noch schnell zu Beth, ihr bescheid sagen, dass wir beide gehen und dann sind wir auch schon draußen auf dem Parkplatz. „Also was willst du heute machen? Wo willst du hin gehen?"
„Ich habe gehört, dass hier in der Nähe eine nette Cocktailbar aufgemacht hat, was hälst du davon?", allmählich wird sie

ein bisschen lockerer, denn sie sagt nur mit einem Lächeln im Gesicht: „Na dann auf geht's."

Zehn Minuten später sind wir auch schon angekommen, unsere Autos oder besser gesagt Kims Auto, haben wir an der Kneipe stehen lassen, denn Patrick bringt und holt mich ja immer. Wir suchen uns einen kleinen Tisch in der Ecke, so haben wir ein bisschen Ruhe. Ich hoffe, dass sich Kim mir öffnen wird, denn normalerweise ist sie eine von den Frauen, die alles in sich hineinfrisst. Als wir uns hinsetzen, kommt auch schon gleich der Kellner, wir haben noch nicht mal die Getränkekarte angeschaut, „Was willst du?"
„Mh, ich habe keine Ahnung.", beide schauen wir zum Kellner, der uns sofort versteht und uns den Tagescocktail anbietet, ich kann den Namen nicht aussprechen, aber er hört sich sehr fruchtig an, „Den nehmen wir." Sagen wir beide synchron und müssen dabei

lachen, „Es ist schön, dich wieder lachen zu hören." Kim wird nach diesem Satz gleich wieder ruhig und traurig. Das wollte ich jetzt auch nicht, ich wollte sie mit diesen Abend ablenken, ihr etwas gutes tun und ich hatte damit auch erhofft, dass sie sich mir öffnet, wie es eine Freundin nun mal macht, wenn es ihr schlecht geht. Aber ich weiß ja, dass Kim eigentlich nicht so ist, sie will alleine klar kommen. „Ich wollte dich nicht gleich wieder traurig machen, Maus."

„Ist schon okay! Weißt du, ich kann das Alles nur nicht verstehen. Wir haben uns so gut verstanden und der Sex, Mara. Ich sags dir, so etwas habe ich noch nie erlebt." Ich werde sofort rot, aber ich kann es mir denken wie Cal ist, wenn er so ist wie sein Bruder, Himmel dann hat sie einen Gott im Bett, aber das werde ich ihr jetzt nicht sagen. Ich lasse sie weiter reden, höre ihr zu und bin froh, dass sie gerade in eine Laune ist, wo sie sich alles von der Seele reden kann. Umso mehr wir Alkohol trinken, umso lustiger wird er.

Aber langsam habe ich auch genug, denn mein Kopf fängt schon an sich zu drehen, „Ich denke, wir sollten jetzt mal lieber gehen." Ich kann Kims Antwort darauf kaum noch verstehen, weil sie genauso viel getrunken hat wie ich.
Wir rufen uns beiden ein Taxi, verabschieden uns noch. Langsam habe ich wirklich das Gefühl, dass es ihr besser geht und so kann auch ich, mit dem Gedanken, dass meine Freundin heute nicht mit Tränen einschlafen wird, beruhigt nach Hause fahren.

Als ich bei meinem Haus ankomme, sehe ich jemanden auf der Treppe sitzen. Erst dachte ich, dass es Patrick ist, der es Daheim nicht mehr ausgehalten hat, aber der würde im Haus oder in meinem Bett auf mich warten und nicht draußen vor der Tür. Als ich genauer hinsehe, erkenne ich, dass es Cal ist. Was will der denn hier? Ich gehe zu ihm und will die Tür aufsperren, ohne ihn zu beachten, als er meinen Arm festhält und mich fragt, ob er

kurz mit mir reden kann. Ich weiß nicht, was ich von dem Ganzen hier denken soll. Kim ist meine Freundin und ich habe das Gefühl, wenn ich jetzt mit ihm rede, dass ich sie verrate, aber Kim müsste mich kennen. Sie würde wissen, dass ich ihm nur zuhöre, mein eigenes Bild von ihm aber schon gemacht habe. „Wenn es sein muss, du hast zehn Minuten." Er hält immer noch meinen Arm fest, was mir ein ungutes Gefühl gibt. Erst als er merkt, dass ich auf seine Hand schaue, die mich am Arm festhält, nimmt er sie weg, „Wollen wir uns setzten?"
„Wie gesagt, du hast zehn Minuten.", dennoch will ich nicht unhöflich sein und setzte mich mit ihm auf die Treppenstufen, vor unserem Haus. „Fang an." Er zögert erst, schaut mich von der Seite aus an, fängt aber dann an zu erzählen, „Kim hat dir bestimmt schon alles erzählt."
„Ja, dass hat sie." , sage ich mit einer Verachtung in der Stimme, die ich nicht unterdrücken kann. „Mara, ich bin nicht

so einer, der mit einer Frau schläft und sich dann nicht mehr meldet. Ich weiß, du denkst jetzt so über mich, aber so bin ich nicht."

„Was kümmert es dich denn, wie ich denke?"

„Ich weiß nicht, ich habe aber das Gefühl, dass ich mich dir erklären muss."

„Solltest du das nicht lieber bei Kim machen?"

„Ich weiß nicht, wie ich es dir sagen soll. Ich bereue die Nacht nicht mir ihr, es ist nur so, ich habe eine harte Trennung hinter mir und dachte, ich sei darüber hinweg, aber so ist es anscheinend nicht. Ich will nicht feige sein, aber ich konnte Kim nicht mehr in die Augen schauen, als ich gemerkt habe, dass ich mich auf nichts Neues einlassen kann." Ich schaue ihm jetzt in die Augen und ich sehe, dass er es ernst mein, mit dem was er mir gesagt hat und sofort bekomme ich ein schlechtes Gewissen, weil ich so schlecht über ihn gedacht habe, „Aber wieso hast du es ihr dann nicht geschrieben?"

„Ich dachte, dass sie es nicht so ernst genommen hat, dass es für sie nur eine kleine Nummer war, mehr nicht."

„Nun ja, da hast du wohl falsch gedacht."

„Mara, was soll ich jetzt machen?"

„Sag ihr das, was du mir gerade gesagt hast. Sie wird es verstehen und dich nicht gleich umbringen.", sage ich zu ihm mit einem Lächeln im Gesicht.

Wir reden noch eine ganze Weile draußen und ich muss sagen, dass Cal wirklich nicht so schlecht ist, wie ich dachte. Die Gespräche sind witzig mit ihm und ich fange an, ihn wirklich zu leiden, aber wie könnte ich auch anders, er ist ja schließlich der Bruder von Patrick. Die Zeit vergeht und wir sitzen noch gut eine Stunde immer noch draußen und reden.

„Danke, dass du mir zugehört hast."

„Nichts zu danken, du hast mir deine Sicht erklärt und ich kann sie verstehen, nur musst du auch mit Kim reden, dass kann ich nicht für dich übernehmen und will ich auch gar nicht."

„Du hast recht, ich werde es ihr erklären, Danke." Wir sitzen noch eine Weile stumm auf der Treppe und schauen in die Dunkelheit. „Ich sollte jetzt rein gehen, es wird ganz schön frisch draußen."

„Du hast recht, meine zehn Minuten habe ich jetzt auch ganz schön überzogen.", sagt er mir mit einem Lächeln. Wir verabschieden uns noch. Ich stehe auf, um die Haustür aufzumachen, als er mir noch hinterherruft, „Vielleicht sehen wir uns jetzt öfter." Dieser Satz lässt mich innehalten, denn er jagt mir eine unangenehme Gänsehaut über den Rücken, weil es sich mehr wie eine Drohnung anhört, als wenn es ein Freund zu dir sagt.

Als ich oben in meinem Bett liege, hallen immer noch die Worte in meinen Kopf wieder, die mir Cal vorhin noch hinterher gerufen hat. *Vielleicht sehen wir uns jetzt öfter.* Ich hole mein Handy aus der Hosentasche und suche die Nummer von Patrick, um ihn anzurufen. Nach dem ersten Klingekn geht er sofort ran, „Baby, was ist los, alles okay bei dir?", seine Stimme hört sich so wundervoll beruhigend an, sodass ich ihm von dem Treffen mit Cal erst einmal nichts sagen will. „Ja, mir geht es gut, ich habe dich nur vermisst."

„Ich bin in fünf Minuten bei dir."

„Du musst dich um die Zeit nicht extra auf den Weg machen, es reicht schon wenn ich deine Stimme höre."

„Keine Widerrede, ich bin schon im Auto." Ich muss mir ja schon fast ein Lachen unterdrücken, aber nur fast. „Was ist daran so witzig, Baby?"

„Nichts."

„Lachst du mich etwa aus?, wenn ja, dann wirst du es gleich noch bereuen.", und schon werde ich feucht zwischen meinen Beinen. Das ist Patrick Black, dass ist mein Patrick Black.

„Bis gleich, ich kann deine Bestrafung kaum noch erwarten."

„Oh Baby, du wirst es genießen. Ich hoffe, du bist alleine zu Hause, denn

gleich wirst du meinen Namen schreien."
, mit diesem Satz legt er auf.

## Kapitel 20

*Patrick*

Ich beendete das Gespräch und war schon hart, ich freute mich so sehr auf Mara und darüber, dass sie mich angerufen hat und nicht ich sie. Mit meinem Auto fuhr ich auf die Auffahrt zu ihrem Haus, wo ich hoffe, dass sie nach meinem Vorschlag, nicht mehr hier wohnen wird, sondern bei mir. Aber erst einmal eins nach dem anderen.
Ich ging die Treppe hoch zu ihrer Haustür und dann direkt zu ihrem Schlafzimmer. Als ich in ihr dunkles Zimmer gehe, kann ich ihre Erregung schon riechen und verspüre sofort ein Kribbeln in meinem Körper, das wie ein Stromschlag hindurch rast, „Baby, ich weiß, dass du hier bist, ich kann dich riechen."
„Dann komm zu mir und bestrafe mich."
„Oh Baby, dass werde ich, keine Sorge."
Ich gehe weiter in Richtung Bett und mache die Nachtischlampe auf ihrem

Schreibtisch an, sodass ihr Zimmer jetzt leicht beleuchtet ist. Sie liegt auf ihrem Bett, die Haare wild auf dem Kissen zerstreut und was ich noch sehe, raubt mir fast den Atem. Sie ist nackt und ich kann sehen, wie feucht sie ist, weil sie die Beine so gespreizt hat, dass ich sie komplett sehen kann. „Du freust dich schon auf mich.", alles, was ich hören kann ist ein leichtes Schnurren, wie von einer Katze, nur das sie eine Wildkatze ist und kein Schmusekätzchen. „Mache deine Arme nach oben an das Kopfteil, spreitze deine Beine weiter und bleib ganz ruhig liegen." Ich sehe zu, wie sie mir gehorcht und ich werde noch härter, was schon fast unmöglich ist. Dann gehe ich zu ihrem Stuhl, nehme mir aus dem Bademantel den Gürtel und gehe zu ihr. Sie bleibt weiterhin so liegen, wie ich es ihr gesagt habe, ihre Atmung geht jetzt schneller, dass kann ich an ihrem Brustkorb sehen, der sich schnell und fast schon hecktisch nach oben und unten bewegt. „Du gefällst mir, wenn du so bereit für mich da liegst. Ich werde dir jetzt deine Hände an das Kopfteil festbinden." Ich sage es ihr, weil ich sie nicht erschrecken oder sogar verschrecken will, denn sowas haben wir bisher nicht gemacht und diese Art an mir, kennt sie auch noch nicht, aber schon bald wird sie alle Arten und Seiten von mir kennen. Sie bleibt weiterhin liegen, schaut mich aber durch weit aufgerissenen Augen an. „Du brauchst keine Angst haben, ich werde auf dich aufpassen und es wird dir nichts passieren. Vertraust du mir?", sie nickt mit ihrem Kopf und ich spüre, wie sie sich langsam wieder entspannt. Ich verknote ihre Arme am Bett, so wie ich es ihr gesagt habe, dann küsse ich sie. Bei den Fingern angefangen, weiter hinab zu ihren Armen, was ihr eine Gänsehaut bereitet, dann hinunter zu ihrem Hals, wo ich leicht hineinbeiße, dies entlockt ihr ein Stöhnen. An ihrem Hals gehe ich weiter nach unten zu ihren wundervollen Brüsten, wo ich ihre Brustwarze, die bereits hart in den Himmel ragt, in den Mund nehme und daran sauge. „Ich kann es kaum erwarten, dich zu schmecken." Ich wandere weiter nach unten, über ihren Bauch und zu ihren Beinen, die sich an der Stelle teilen, zu der ich will und als ich dort angekommen bin, halte ich kurz inne, um sie mir anzuschauen. Sie glänzt und läuft fast schon aus. Eins weiß ich, lange werde ich an dieser Stelle nicht verweilen, weil ich es nicht länger aushalte, nicht in ihr zu sein. Mit meiner Zunge fahre ich um ihren Kitzler, sie bewegt sich mit ihrer Hüfte zu meinem Mund, weil sie es nicht länger erwarten kann. Ich lecke sie immer weiter und werde dabei immer stürmischer, genau wie ihre Bewegungen und ihr Stöhnen. Ich merke, wie sie an den Fesseln zieht, weil sie mich anfassen will, „Gefällt dir, was ich mit dir mache?" Das Einzige, was ich von ihr höre ist ein, „Ja, mehr, bitte." „Oh, dass kannst du haben Baby." Zu meiner Zunge nehme ich auch jetzt zwei Finger mit dazu. Ich schiebe sie langsam in sie hinein und werde von ihrer Wärme und Feuchtigkeit empfangen. Ich nehme noch einen Dritten und Vierten Finger dazu, sie schreit auf. Nicht, weil es ihr weh tut, nein, sondern, weil sie nur durch meine Finger ausgefüllt wird und meine Zunge sie leckt und verwöhnt. Langsam merke ich, wie sich ihre Scheidenwände um meine Finger verkrampfen und sie kurz davor steht, zu kommen. Ich ziehe mich aus ihr heraus, nur um dann mit voller Wucht wieder in sie hinein zu stoßen. Meine Finger sind jetzt mit ihrem Saft benetzt und nichts ist geiler, als dieses Gefühl. Dennoch will ich jetzt mit etwas ganz anderem in ihr drin sein, aber nicht in ihrer engen feuchten Muschi. Nein, ich will in ihren süßen knackigen Arsch. „Vertraust du mir, Mara?", sie bringt ein keuchendes „Ja." von sich, was mir ein Grinsen ins Gesicht zaubert. „Ich will, dass du dich auf den Bauch drehst und mir deinen sexy Hintern entgegen streckst." Sie reißt die Augen auf, weil sie genau weiß, was jetzt kommt. Denn ich habe es ihr ja schon einmal gesagt, dass ich auch bald ihren Arsch beanspruchen werde. Dennoch tut sie das, was ich ihr gesagt habe. Ihre Hände sind immer noch ans Bett gefesselt, was auch gut so ist, denn so kann sie sich an etwas festkrallen. Als sie mir ihren Po entgegen streckt, kann ich es kaum erwarten. Ich verpasse ihr einen leichten Schlag auf die linke Hälfte ihres Hinterns. Dann fahre ich mit meinen Fingern durch die Nässe und verteile dies auf ihrem Anus, sodass ich leichter hineinkomme. Sie verkrampft sich sofort, „Baby, ganz ruhig. Ich werde dir nicht weh tun. Du musst dich entspannen und ich verspreche dir, du wirst es genießen." Sie wird wieder etwas lockerer, also beginne ich wieder von vorne und dieses Mal versteift sie sich nicht. Sie lässt die Berührung zu und ich schiebe langsam einen Finger in ihren jungfräulichen Hintern. Dieses Gefühl lässt mich schon fast kommen, nur mit etwas Mühe und Selbstbeherrschung kann ich mich zuammenreißen. „Baby, du fühlst dich einfach nur hammermäßig an. Ich kann es kaum erwarten, wie es sich anfühlt, mit meinem Schwanz in diesem kleinen engen Loch zu sein." Es fängt an, ihr zu gefallen, dass höre ich an ihrem Stöhnen. Ich schiebe jetzt auch einen zweiten Finger in sie und ficke sie damit, immer wieder stoße ich in sie und merke, wie sie sich weitet. Ich nehme auch noch einen dritten Finger dazu, damit ich sie so weiter dehnen kann, sodass auch mein Schwanz in sie passt, ohne das ich ihr weh tue. „Bist du bereit für mich?", sie nickt mir nur zu. „Ich will es hören."

„Ja, ich bin bereit für dich.",mehr brauche ich nicht. Mit einer Hand ziehe ich mir die Hose und die Boxershorts aus, mit meinen Fingern bleibe ich in ihrem Arsch und ficke sie weiter damit, bis ich aus meinen Sachen geschlüpft bin. Schnell ziehe ich meine Finger aus ihr und stoße mit meinen Penis in sie. Sie schnappt nach Luft, hält sie an, gewöhnt sich aber schnell an das Gefühl. Zuerst bin ich vorsichtig, bis ich merke, dass sie mir ihren Prachthintern entgegen streckt. Ich packe ihre Hüfte und ziehe sie mit einem Ruck zu mir nach hinten. Jetzt bin ich mit meiner ganzen Länge in ihr und es fühlt sich fantastisch an. „Härter, bitte.", höre ich sie plötzlich schreien. Dieser Wunsch lässt sich doch mit Leichtigkeit erfüllen. Ich ramme mich in sie, bis wir beide aufschreien, weil dieses Gefühl unbeschreiblich ist. Endlich gehört sie ganz mir und keiner wird sie mir je wieder wegnehmen. „Bist du so weit, Baby?", frage ich sie, denn ich will mit ihr zusammen zum Höhepunkt kommen. Um es ihr noch leichter zu machen, greife ich nach vorn und massiere ihren Kitzler und schon kommt sie mit einem lauten Schrei, der auch mich mit in ihren Orgasmus zieht. Ich komme in ihrem Hintern.

Wir liegen auf ihrem Bett, ich streichel ihr durchs Haar, während sie mit ihrem Kopf auf meiner Brust liegt, „Zieh zu mir."

So jetzt ist es raus. Eigentlich wollte ich sie anders fragen, bei einem romantischem Essen, aber sie hat mir gerade so viel vertraut, dass mir dieser Augenblick am sinnvollsten erscheint. Sie zuckt sofort mit ihren Kopf in die Höhe, um mich an zu schauen. „Hab ich das gerade richtig verstanden?"

„Wenn du vertsanden hast, dass du zu mir ziehen sollst, dann ja." Sie schaut mich aus ihren wundervollen Augen, die mich weich werden lassen, an. „Ich will dich jeden Tag um mich herum. Ich möchte mit dir einschlafen und mit dir an meiner Seite aufwachen, für den Rest meines Lebens." Das hört sich jetzt schon fast so an, wie ein Heiratsantrag, und auch dies habe ich mir schon durch den Kof gehen lassen, aber alles Schritt für Schritt.

„Ja.", sagt sie dann auf einmal und ich meine schon fast, mich verhört zu haben. Bis ich sehe, wie sie mich anlächelt, da weiß ich, dass sie es ernst meint und wirklich „ja" gesagt hat. So schnell wie ich kann, ziehe ich sie auf mich rauf,

nehme ihren Kopf in meine Hände und drücke ihr einen wilden, leidenschaftlichen Kuss auf den Mund.
„Du hast ja gesagt."
„Ja, dass habe ich. Ich will auch bei dir sein, also wieso nicht diesen Schritt gehen?"
„Und wie sagen wir es Beth?"
„Sie wird sich freuen und so weit weg wohnst du ja auch nicht, sodass wir uns nicht trotzdem jeden Tag sehen werden und außerdem abeite ich ja noch in der Kneipe." Jetzt hat sie das Thema angesprochen, ich bin mir aber unsicher, ob ich ihr gleich sagen soll, dass ich nicht mehr will, dass sie in diesem Schuppen arbeitet oder erst später. Ich entscheide mich für letzteres, denn ich will diesen schönen Moment nicht kaputt machen.

# Kapitel 21

*Mara*

Eine Woche ist es jetzt schon her, dass ich bei Patrick eingezogen bin. Tante Beth hat nicht so reagiert,wie ich befürchtet habe. Auch wenn ich Patrick gesagt habe, dass sie sich für mich freuen wird, habe ich doch befürchtet, dass sie das nicht so locker auffassen wird. Sie hat mich überrascht, denn so wie ich es gesagt habe, so war es dann auch. Sie ist mir mit freudestrahlendem Gesicht in die Arme gefallen und hat mir alles Glück der Welt gewünscht. Jetzt wohne ich also in einem riesigen Haus, dass so wundervoll ist, dass ich es mir nicht besser erträumenn hätte können. So wie Patrick es gesagt hat, so machen wir es auch. Wir gehen zusammen ins Bett und wachen zusammen in der Früh auf, immer Seite an Seite. Es ist das schönsten Gefühl, was ich jemals erlebt habe.

Heute hat mir Cal geschrieben, ob ich Lust und Zeit habe, einen Kaffee trinken zu gehen. Erst war ich ein bisschen verwundert und fragte mich, woher er meine Nummer hat, wahrscheinlich von Patrick. Nach ein paar Minuten Bedenkzeit, habe ich zugesagt. Was kann schon schiefgehen bei einem Kaffee? Patrick ist eh auf Arbeit und von Kim habe ich seitdem letzten Treffen auch nichts mehr in Sachen Cal gehört also werden sie es bestimmt geklärt haben. Ich begebe mich auf die Suche nach Patrik, kann ihn aber nirgends finden. Er wird bestimmt schon im Casino sein, also hinterlasse ich ihm eine Nachricht, in der ich ihm aber die Wahrheit sage, dass ich mich mit Cal in einem Cafe treffe. Ich schnappe mir meine Jacke sowie meine Tasche und gehe hinaus, weil mich Cal gleich abholen wird, wie er mir gerade in einer Nachricht mitgeteilt hat.

Als ich sehe, wie er auf die Einfahrt zufährt, bekomme ich eine unangenehme Gänsehaut, die ich aber schnell verdränge. Das ist Cal, Patricks Bruder, was kann an ihm schon verkehrt sein? Er steigt aus, kommt zu mir und zieht mich für eine Umarmung zu sich, bis er mit seinem Gesicht ganz nah an mein Ohr kommt und mir mit rauer Stimme zuflüstert: „Schön dich zu sehen, Mara." Okay, jetzt habe ich wirklich ein ungutes Gefühl. Was war das denn gerade? Ich steige dennoch zu ihm ins Auto, immer mit dem Gedanke, dass ist Patricks Bruder lasse die Spinnerein.

Wir halten an einem schönen Cafe, etwas außerhalb der Stadt. Cal geht wieder um das Auto und macht mir die Tür auf, hält mir seine Hand entgegen, sodass ich sie ergreifen kann, um aus dem Wagen zu steigen. Immer wieder beschleicht mich dieses Gefühl, dass irgendwas nicht stimmt, aber so wie schon den ganzen Tag, schlucke ich dies hinunter und lächle Cal freundlich zu, als ich seine Hand ergreife. Wir setzten uns an einen kleinen runden Tisch mit einer Vase darauf, in der eine einzelne kleine rote Rose steckt. Der Kellner kommt schnell zu uns, als er sieht, dass wir uns hinsetzen. Cal bestellt sich einen Cappucino mit einem Glas Wasser und ich einen Latte Macchiato, ebenfalls mit einem Wasser. Cal sieht mich an und sagt: „Schön siehst du aus, Mara." Wie er meinen Namen sagt, als wenn er ihn sich auf der Zunge zergehen lässt, dennoch erwidere ich ein „Danke." Als wir unsere Bestellung bekommen, entspannt sich die Lage ein wenig und wir beginnen ein Gespräch zu führen. Am Anfang über dies und das, nichts wichtiges, aber dann werden die Gespräche immer merkwürdiger. Er fragt mich, wie ich mit Patrick zusammen gekommen bin. Warum ich so schnell zu ihm gezogen bin? Zum Schluss aber kommt die merwürdigste Frage. Wie es im Bett mit uns läuft, ob ich auch so eine Neigung habe? Ich will schon fast aufstehen und gehen, egal wie weit weg wir sind, doch dann nimmt Cal meine Hand und sieht mich dabei an. „Mara, es tut mir leid. Ich wollte nicht so unpassend rüber kommen, manchmal denke ich einfach nicht nach und da du ja jetzt zur Familie gehörst, dachte ich mir, ich kann dir solche Fragen stellen." Dachte er vielleicht, dass er nur, weil wir jetzt Familie sind, wie er es sagt, dass er mir einfach solche intimen Fragen stellen kann? „Es tut mir wirklich leid, ich weiß, du bist eine Lady und einer Lady sollte man nicht solche Fragen stellen. Kannst du mir das noch einmal verzeihen?" Ich weiß nicht, was ich sagen soll. Wollte er mich vielleicht nur testen, wie treu ich Patrick gegenüber bin? „Es ist Okay, Cal, wirklich."

„Das beruhigt mich aber, wollen wir nochmal von vorne anfangen?", fragt er mich mit einem Lächeln im Gesicht, was mir schon wieder so eine unangenehme Gänsehaut bereitet.

Bevor ich jedoch antworten kann, vibriert mein Handy in der Tasche. Ich brauche nicht darauf zu schauen, um zu wissen, wer es ist. Es ist Patrick, der wohl gerade

meine Nachricht bekommen hat. Ich hol mein Handy raus und gehe ran. „Wo Bist du?", kommt sofort von ihm. Kein Hallo. „Hallo erst einmal, schön auch dich zu hören." , sage ich mit einem sarkastischen Unterton. Er schnaubt ins Telefon. „Ja, hallo Baby, sagst du mir jetzt, wo du bist?" Ich kann nicht verstehen, warum er gerade so reagiert, ich bin ja schließlich mit keinem fremden Mann unterwegs, sondern mit seinem Bruder. „Ich bin mit Cal in einem Cafe, außerhalb der Stadt, dass habe ich dir doch geschrieben."
„Wieso hast du nicht auf mich gewartet?"
„Patrick, was ist dein Problem?, ich konnte dich nicht finden und dachte, du bist schon bei der Arbeit, ich wollte dich nicht stören, deswegen hab ich dir nur eine Nachricht geschrieben."
„Ja, dass habe ich gemerkt. Sag mir jetzt, wo du bist, damit ich dich holen kann."
Es ist komisch, wie er sich gerade verhält und ich kann nicht verstehen, warum er gerade so sauer auf mich ist. Aber auch ich habe ein ungutes Gefühl bei Cal,

gerade deswegen, weil er mir vorhin auch diese Fragen gestellt hat, aber er hat es mir erklärt und ich denke, dass er sich dabei einfach nichts schlimmes gedacht hat. „Ich bin im Cofe-Cape, wir wollten aber sowieso bald aufbrechen. Du musst mich nicht extra holen."

„Wieso wollt IHR gleich aufbrechen? Bist du mit Cal gefahren?" Jetzt werde auch ich langsam sauer, ich bin doch kein kleines Kind mehr. Ich finde es ja schön, dass er so besitzergreifend ist und auch ein klein wenig eifersüchtig, aber hallo, dass ist sein Bruder. Was kann er schon schlimmes wollen? „ Ich sage es dir noch einmal, ich bin mit deinem Bruder hier, mit Cal, den du schon seit klein auf kennst! Du brauchst dir also keine Sorgen machen und erst recht keine Szene anfangen, ich bin schon ein großes Mädchen." ‚und mit diesem Satz lege ich auf. Als ich mich beruhigt habe, schaue ich zu Cal, mir ist gar nicht aufgefallen, dass er mich die ganze Zeit beobachtet hat und sich dabei das Lachen nicht

verkneifen konnte. „Was ist so witzig?", gehe ich jetzt auch ihn an, denn ich bin gerade wirklich auf hundertachtzig. Er zuckt nur mit den Schultern, „Nichts, ich finde es nur gut, dass du meinem Bruder die Stirn bietest, dass hat sich noch keiner getraut."
„Nun dann bin ich jetzt wohl die Erste."

Wir trinken gerade unseren letzten Schluck aus, da sehe ich schon, wie sein Auto vorfährt. Er hält direkt vor dem Cafe, im Halteverbot, als er aussteigt, erkenne ich, dass er sauer ist und ja, er ist sogar stinksauer. Er kommt direkt auf mich zu, ohne Cal zu beachten, wirft ein paar Scheine auf den Tisch und will mich gerade am Arm nehmen und von meinem Stuhl hochziehen. Ich schaue ihm mit zusammengekniffenen Augen an, genau wie er mich. Im selben Moment entziehe ich ihm meinen Arm. Er knurrt und sagt: „Du kommst jetzt mit oder ich trage dich ins Auto." Jetzt mischt sich auch noch Cal ein, „Solltest du sie nicht selber entscheiden lassen, ob sie gehen oder noch bleiben will?" Er schaut jetzt direkt in seine Augen und ich merke sofort, wie sich die Situation anspannt und droht gleich zu eskalieren. „Ist schon gut, ich werde mitgehen.", aber um noch eins drauf zu legen, nur damit Patrick weiß, dass ich eine erwachsene Frau bin, sage ich noch dazu; „Wäre schön, wenn wir das wiederholen würden.", und lache dabei wie verrückt, weil ich merke, wie sich Patrick immer mehr anspannt.

Er nimmt mich grob am Arm, dass es fast schon weh tut und ich merke, dass Cal jetzt auch aufsteht, um einzugreifen, weil es sieht, dass ich das Gesicht verziehe. „Bleib sitzen Cal.", warnt er seinen Bruder. „Ich werde dich anrufen, Mara."

„Das wirst du nicht." Ich komme leider nicht mehr dazu, noch etwas zu sagen, denn ich werde mit einem Mal hochgenommen und zum Auto getragen. Er schlägt die Autotür zu, geht um das Auto herum und setzt sich ans Steuer. Er

hält das Lenkrad so fest umklammert, dass seine Fingerknöchel weiß heraus stechen. Er lässt den Motor aufheulen und fährt mit quieschenden Reifen davon. Als wir eine Weile lang im Wagen schweigen, drehe ich mich wütend zu ihm um und frage ihn: „Hast du eigentlich noch alle Latten am Zaun? Was war das denn gerade?" Er gibt mir keine Antwort, also haue ich ihm gegen den Arm. „Ich will nicht, dass du dich noch einmal alleine mit ihm triffst, ist das klar?"
„Was hast du für ein Problem, dass ist dein Bruder, kein wildfremder Mann. Ich glaube kaum, dass dein Cal irgendwas mit mir anfangen würde oder es versuchen würde, weil er weiß, dass ich deine Freundin bin."
„Du hast ja keine Ahnung, zu was er alles fähig ist."
„Was soll das jetzt schon wieder heißen?"
„Das Thema ist beendet. Ich will nicht, dass du dich noch einmal alleine mit ihm triffst. Punkt."
„Das werden wir ja noch sehen."

# Kapitel 22

*Patrick*

Als wir Zuhause ankommen, herrscht immer noch eine miese Stimmung. Ich will mich nicht mit ihr streiten, nur wegen meinem Arsch von Bruder. Ich kann einfach die Vergangenheit nicht vergessen und wie ich vorhin mitbekommen habe, ist Cal immer noch der gleiche wie vorher. „Baby, ich will mich nicht streiten." Ich will sie am Arm festhalten, aber sie ist schneller als ich und verschwindet schnellen Schrittes nach oben ins Schlafzimmer. Ich kann die Tür noch knallen hören. Da muss ich mir jetzt wohl was anderes einfallen lassen, damit wir nicht mehr streiten, aber die beste Methode ist immer noch Sex, um einen Streit zu schlichten. Ich gehe ihr also hinterher, bin aber so schlau und klopfe an die Tür, kann aber nichts von ihr hören. Also trete ich ein, aber mit

einer Deckung, man weiß ja nie, was da so geflogen kommt, wenn Frauen wütend sind. „Mara, bist du noch sauer auf mich?", stelle ich mich jetzt ganz dumm. „Was glaubst du wohl, du blödes Arschloch?" Wow okay, damit habe ich jetzt nicht gerechnet, denn das hat sich noch nie jemand getraut, mich so zu beschimpfen.
Ich bin ehrlich, ich finde es mega scharf, dass sie es macht und sie es sich traut, so mit mir zu reden.

Ich gehe ins Zimmer, immer noch auf der Hut, höre das sie im angrenzenden Bad ist. Ich öffne leicht die Tür und sehe, dass sie sich gerade auszieht und unter die Dusche gehen will. Meine Gelegenheit. Ich warte ein wenig, bis sie unter dem heißen Wasserstrahl tritt und gehe dann selbst ins Bad, ziehe mich dabei langsam aus, sodass sie mich nicht hört. Als ich komplett nackt bin, trete auch ich unter die Dusche. Mein Schwanz ist schon hart wie ein Stahlrohr. Sie merkt sofort, dass ich bei ihr bin, dreht sich aber nicht um, um mir in die Augen zu sehen. Nein, sie nimmt sich das Duschgel, spritzt sich was auf die Hand, verreibt es mit so einer verführerischen Art, wie ich es bei noch keinem gesehen habe und seift sich dann ein. Ich halte sofort ihr Hände fest und drücke sie an die kalten Fliesen, erschrocken schreit sie auf. Ich gehe mit meinem Knie zwischen ihre Schenkel und spreitze sie, dann fahre ich mit meinem Arm an ihrem Fuß entlang, mit dem anderen halte ich ihre beiden Hände fest an die Wand gedrückt. Ich streiche ihr langsam das Bein hinauf, bis zu ihrem Hintern, den sie mir perfekt entgegenstreckt. „Dies alles gehört mir, Baby. Hast du das verstanden?", raune ich ihr ins Ohr. Sie schluckt, dass spüre ich und es macht mich noch geiler. Um meine Aussage zu bekräftigen, spreitze ich ihre Beine noch mehr und dringe dann mit zwei Fingern in sie ein. Sie stöhnt auf, will aber protestieren, um sich mir zu entwinden. Baby, ohne mich. „Du gehörst

mir." Ich ziehe meine Finger aus ihr und stoße sofort mit meinem harten Ständer in sie. Ich bin erbarmungslos und nehme keine Rücksicht darauf, wie hart ich in sie stoße, denn ich will sie für mich makieren. Ich will, dass sie mich noch eine Woche in sich spürt und das sie nicht vergisst, wem sie gehört. Sie gehört nur mir allein. Cal ist Geschichte, er ist nicht mehr in ihrem Kopf, da bin nur noch ich und das soll auch so bleiben. Für immer.
Ich merke, wie sie sich verkrampft und kurz davor steht. Erst überlege ich, ob ich dies beende und ihr den Orgasmus verweigern soll, verwerfe den Gedanken aber schnell. Denn ich liebe es, wenn sie meinen Namen schreit, wenn sie so um mich herum kommt, dass es aus ihr rausläuft. Ich bin heute gnädig und lasse sie kommen, gleich darauf folge ich ihr und komme so fest in ihr, dass sie das alles unmöglich in sich behalten kann.

Wir haben uns endlich wieder vertragen.

Nach der Dusche liegen wir jetzt entspannt auf der Couch und genießen einen Schluck Wein und das knisternde Feuer im Kamin. Ich liebe es, sie zu beobachten, wie die Flammen ihr braunes Haar glänzen lässt, wie ihre Brust sich ruhig auf und ab bewegt, wie sie eine Gänsehaut bekommt, wenn ich mit meinen Fingerspitzen über ihre Seite fahre und sie streichel. Sie ist einfach ein Traum, mein Traum und ich kann es immer noch nicht glauben, dass ich sie habe. Die Stimmung ist so wohltuend für meine Seele. „Heirate mich.", kommt es plötzlich aus mir herraus, ohne das ich darüber nachdenken konnte. Ich weiß aber, dass es das Richtige ist, dass sie die Richtige ist, dass ich keine andere mehr an meiner Seite haben will, außer Mara Sheppert. Sie dreht ihren Kopf zu mir und schaut mir in die Augen. „Sag das nochmal."

„Mara, Baby, heirate mich." Sie schaut mich skeptisch an, mit eine Augenbraue nach oben, sie kann das nicht glauben und denkt, dass es ein Scherz ist. „Das meinst du nicht ernst."
„Oh doch, das meine ich so."
„Aber wie kommst du darauf?"
„Ich liebe dich Mara, mehr als alles andere, ich will mein Leben mit dir an meiner Seite verbringen. Ich möchte mit dir alles teilen, die guten wie auch die schlechten Sachen. Ich will dir die Sterne vom Himmel holen. Ich will dir ein Leben bieten, wie du es verdienst und ich will der Mann an deiner Seite sein, der dir das alles ermöglichen kann. Sag ja, sag ja, zu so einem Leben mit mir." Ich sehe wie sie den Atem anhält, wie ihr eine Träne die Wange hinunterrollt. Ich fange sie mit meinem Finger auf, beuge mich zu ihr herrunter und gebe ihr einen Kuss, der in dem Moment alles sagt, was ich für sie empfinde. „Ich kann mir ein Leben ohne dich nicht mehr vorstellen. Ich weiß, wir sind nicht so zusammen gekommen, wie

du es dir vielleicht gewünscht hättest, aber ich kann dir sagen, dass ich immer an deiner Seite bin, dass ich dich beschützen werde, für dich sorgen werde und dich lieben werde, sowie ich noch kein anderen Menschen zuvor geliebt habe, nicht einmal mich selbst." Ich kann die Spannung fast nicht mehr ertragen. Sie liegt immer noch auf meinem Schoß und schaut mich an. In ihrem Kopf rattert es, sie überlegt, was sie sagen soll und kann vermutlich das Gesagte gar nicht glauben. Ich bin kein Mann der seine Gefühle offenlegt, aber bei ihr ist das anders. Ihr will ich alles sagen, alles was ich denke und fühle. „Ja.", sagt sie auf einmal und ich kann es kaum glauben. „Sag das nochmal?"
„Ja."
„Nochmal."
„Patrick Black, ja , ich will dich heiraten. Ich will die Frau an deiner Seite sein, die einzige Frau an deiner Seite." Ich zerre sie so schnell nach oben auf meinen Schoß, dass sie entsetzt die Augen

aufreißt. Ich nehme ihr Gesicht in beide Hände, halte sie fest, schaue ihr in die Augen und drücke ihr dann meine Lippen auf ihren Mund. Dieser Kuss ist alles für mich und sie spürt es, weil sie sich entspannt. Sie trägt nur ein T-Shirt, ich ziehe es ihr über den Kopf und dann machen wir Liebe. Dieses Gefühl was ich gerade empfinde, will ich nie wieder missen.
„Ich liebe dich, Mara."

# Kapitel 23

*Mara*

Ich werde vorerst noch keinem sagen, dass wir uns verlobt haben, weil ich ja sowieso noch gar keinen Ring habe. Er sagte, er besorgt mir den wundervollsten Ring, den es je gegeben hat und ich glaube ihm das. Ich muss selbst erst einmal damit klar kommen, dass ich jetzt verlobt bin und bald heiraten werde.

Es ist jetzt ein paar Tage her, seitdem Patrick mir den Antrag gemacht hat. Ich stehe hinter der Theke in der Kneipe und arbeite heute zusammen mit Amber, die Beth neu eingestellt hat. Ich muss sagen, es macht wirklich Spaß mit ihr, sie bringt frischen Wind mit. Als ich gerade dabei bin einen Tisch abzuräumen, geht die Tür auf und es tritt Cal ein, wie immer mit einem Grinsen im Gesicht.
Ich weiß, eigentlich sollte ich ihn wieder weg schicken ‚weil Patrick gesagt hat, ich

soll mich nicht mehr mit ihm alleine treffen, aber das Wort *alleine* ist ja jetzt in dem Fall nicht von Bedeutung, weil ich ja nicht alleine bin. Ich bin bei der Arbeit, in einer Kneipe mit meiner Arbeitskollegin und meiner Tante, da kann er sich jetzt nicht aufregen. Amber sieht ihn sofort und will sich schon auf den Weg machen, um ihn zu bedienen, obwohl er noch nicht mal sitzt. Ich muss mir ein Lachen verdrücken. Cal kommt zu mir, umarmt mich und gibt mir einen Kuss auf die Wange. Ich schiele zu Amber, die sich gleich verzieht. „Was machst du denn hier?"

„Na, ich dachte, ich komme dich mal besuchen. Ich habe ja seit dem Vorfall von letztens nichts mehr von dir gehört. Ist alles okay bei euch?"

„Ja, klar alles wieder in Ordnung. Ich habe ihm die Stirn geboten und wir haben uns wieder vertragen."Wie wir uns vertragen haben und das danach ein Antrag folgte, lasse ich fürs erste lieber weg. „Setzt dich doch, was willst du trinken?", gemeinsam gehen wir zur Bar, weil ich da mit ihm reden kann, während er etwas trinkt, kann ich weiter arbeiten. „Ich nehme ein Bier." Die Unterhaltung mit Cal ist heute viel angenehmer, als beim letzten Mal. Ich habe auch keine Gänsehaut mehr, so wie es bei den letzten Malen so war. „Wolltest du mit Kim reden? Sie ist heute nicht da, sie hat frei." „Nein, ich habe alles geklärt mit ihr. Ich wollte nur nach dir sehen, ob du noch lebst." Ich schaue erschrocken zu ihm auf, sehe aber das er lacht. „Du Blödmann, klar geht es mir gut, was denkst du nur von deinem Bruder."

„Mara, er ist nicht so, wie du ihn kennst. Er kann sehr besitzergreifend sein und das was ihm gehört, gehört auch ihm und keinem anderen."

„Glaube mir Cal, ich kenne ihn und ich weiß auch, dass er diese Seiten an sich hat. Du brauchst dir also keine Sorgen machen." Eigentlich sollte mich die Anmerkung verunsichern, aber ich kenne Patrick mitlerweile genauso gut, wenn nicht sogar besser. Der restliche Abend verläuft wie im Flug, nur alleine deswegen, weil Cal da ist und ich mich super mit ihm unterhalten kann. Amber ist schon gegangen. Ich mache die restlichen Tische sauber, genauso wie die Theke. Dann höre ich, wie die Tür zur Kneipe aufgeht und sehe Patrick, der aus zusammen gekniffenen Augen zu Cal schaut. Oh man, nicht schon wieder.

Er kommt wie ein Jäger der auf seine Beute zugeht zu mir an die Theke, seinen Bruder beachtet er gar nicht. Als er bei mir ist, kann ich die Anspannung und die Feindseligkeit, die von ihm ausgeht, spüren. Mir ist nicht wohl bei der Sache, dass er mitbekommen hat, dass Cal hier bei mir auf der Arbeit ist. Vorhi,n als er gekommen ist, dachte ich mir noch, dass es nicht so schlimm ist, weil ja Patrick gesagt hat, ich soll mich nicht mit ihm alleine treffen, nur das ich ja auf der Arbeit nicht alleine bin. Ich dachte mir, dass Patrick schon nicht böse sein wird, da habe ich mich wohl getäuscht, nur ist er nicht böse, sondern stinksauer. Er nimmt mich besitzergreifend in den Arm, zieht mich an sich und küsst mich so brutal, dass ich kaum mehr Luft bekomme. Als ob Cal schon vorher nicht wusste, dass ich zu seinem Bruder gehöre. Dieses blöde Platzhirschgehabe. „Bist du fertig?", fragt er mich durch zusammengepresste Zähnen. „Ja, ich muss nur noch die Tische fertig machen und dann die Kasse zu Beth bringen. „Mach." Ist noch das einzige, was er zu mir sagt, bevor er mich von sich wegschiebt. Ich nehme mir meinen Lappen und gehe zu den Tischgruppen. Durch den Augenwinkel sehe ich, wie Patrick Cal fast mit seinem Blick erdolcht.

Als ich mit dem Saubermachen fertig bin, gehe ich zur Theke und nehme die Kasse, dabei bemerke ich, wie die beiden aufgehört haben, zu reden. „Mara, ich gehe jetzt lieber, wir sehen uns." , bevor

ich was erwidern kann, geht Patrick schon dazwischen, „Du wirst Mara nicht mehr sehen, wenn ich nicht dabei bin."
Was haben die beiden denn nur plötzlich?
„Ich kann für mich selber reden, falls du es noch nicht mitbekommen hast und wenn ich mich mit ihm treffen will, dann kann ich das auch machen, ohne das du den Bodyguard spielst."
„Ich entscheide, was du machst und wenn ich sage, dass du dich nicht mehr mit Cal triffst, dann hat das schon seinen Grund."
„Wie du meinst.", sage ich noch zu ihm, weil ich keine Lust mehr habe, darüber zu diskutieren, denn das hat eh keinen Sinn mehr. Ich weiß nur, dass diese Sache noch nicht vom Tisch ist und ich muss unbedingt herausfinden, was es mit den Feindseligkeiten zwischen den beiden auf sich hat.

Ich habe alles erledigt, wir machen uns langsam auf den Heimweg. Ich bin zu kaputt, um jetzt noch zu reden, deswegen herrscht ein angenehmes Schweigen im

Auto. Patrick legt seine Hand auf meinen Oberschenkel und streichelt langsam über ihn, „Mara, es tut mir leid." Ich schaue zu ihm rüber, weil ich nicht glauben kann, dass er sich entschuldigt hat. „Was tut dir leid?", will ich von ihm wissen, denn entschuldigen kann sich ja jeder, aber ob er es auch ernst meint und ob er weiß, warum er sich bei mir entschuldigt, dass ist eine andere Sache. „Es tut mir leid, dass ich so besitzergreifend und eifersüchtig bin. Ich will dich einfach nur beschützen."

„Patrick, du musst mich doch nicht vor deinem Bruder beschützen. Jetzt mal ehrlich, er ist Familie."

„Du hast ja keine Ahnung."

„Dann kläre mich auf, wenn ich keine Ahnung habe." Ich schaue ihm neugierig an, weil ich hoffe, dass jetzt die erlösende Aussprache kommt, was zwischen ihm und seinem Bruder passiert ist. Ich liege falsch, denn anstatt das er weiter redet, schaut er weiter auf die Straße und schweigt.

# Kapitel 24

*Patrick*

Ich will es ihr sagen und überlege schon die ganze Zeit, ob ich es tun soll oder nicht, aber der Gedanke daran, was damals war, ist einfach noch zu schmerzhaft. Ich möchte so etwas nicht nochmal durchleben, also muss ich Cal klipp und klar sagen, dass er die Finger von Mara lassen soll. Wenn mich meine Intuition nicht täuscht, dann hat er ein Auge auf sie geworfen und das schon seitdem er sie damals an dem Abend wieder gesehen hat, als er den dummen Fehler mit Kim begangen hat.

Ich sitze auf meiner Couch, während Mara unter der Dusche steht. Ich wollte eigentlich mit ihr gehen, doch sie hat mich eiskalt abblitzen lassen, vermutlich, weil ich sie vorhin im Auto nicht aufgeklärt habe.

Ich gieße mir gerade ein Schluck Wein ein, als sie nackt und nass vor mir steht. Ich hebe langsam meinen Blick, angefangen bei ihren Zehen, weiter zu ihren Knien, hinauf zu ihren Oberschenkeln, bis dahin, wo sie sich trennen. Mein Blick verweilt eine Weile auf ihrer Mitte und mir läuft das Wasser im Mund zusammen. Mein Blick reißt sich von dort weg und wandern zu ihrem Bauch, ihren straffen Brüsten, zu ihrem Hals und schließlich endet er auf ihrem Gesicht. Ich bin steinhart in meiner Jogginghose. Sie sieht so wunderschön aus, wenn sie vor mir steht, wie Gott sie erschaffen hat, so natürlich, so rein, so einzigartig. Ich muss das mit ihr wieder in Ordnung bringen, bevor es jemand schafft, einen Keil zwischen uns zu treiben. Ich weiß nur eins, sollte das jemals passieren, wird derjenige einen qualvollen Tod erleiden. „Gefällt dir der Anblick?", holt sie mich mit diesem Satz aus meinen Gedanken.

„Was denkst du denn?", sage ich mit tiefer und rauer Stimme. Sie kommt noch näher zu mir, ihre Knie berühren meine und sie schiebt sie auseinander, sodass sie sich zwischen meine gespreizten Beine stellt. Sie kommt mit ihrem verführerischen Mund nahe zu meinem Ohr und flüstert mir hinein, „Fass mich an." Das muss sie mir nicht zweimal sagen. Ich beginne mit meinen Fingerspitzen über ihre Beine zu streicheln. Sie bekommt schon wieder eine Gänsehaut, was ich wahnsinnig sexy finde. Ich gehe mit meinen Händen weiter nach oben, fahre ihr über die Rundungen ihres knackigen Hinterns, ich werde noch härter. An ihrem Rücken angelangt, drücke ich sie nach unten und küsse sie so, wie ich sie noch nie geküsst habe. Sie stöhnt in meinen Mund. Ich stöhne zurück, als ich merke, wie sie mit ihrer Hand in meinen Schritt gleitet. Sie massiert meine Länge und ich könnte jetzt schon kommen. Ich greife ihr in den Nacken, um sie noch fester an mich zu drücken. Es passt kein Blatt Papier mehr zwischen uns. Sie nimmt ihre Hand aus meiner Hose und streift sie mir von den Beinen. Ich hebe mein Becken, um es ihr leichter zu machen. Als ich mich ausgezogen habe, setzt sie sich auf meine Oberschenkel. Sie reibt sich sinnlich an mir, ohne das ich in sie gleite. „Was soll ich mit dir machen Patrick?", raunt sie mir ins Ohr. „Du weißt, was du machen sollst, Baby.

„Sag es mir." Sie tut wirklich unschuldig, sie weiß ganz genau, dass sie mich ficken soll. Mit einem Grinsen im Gesicht, gehe ich ganz nah an ihres. „Fick mich, Mara. Ich will, dass du mich so reitest, dass ich am Ende mit deinem Namen auf den Lippen in dir komme." Sie hebt ihr Becken, nimmt meinen Penis in die Hand und führt ihn zu ihrem Eingang. Die Spitze von meinem Schwanz rutscht in sie hinein, weil sie so feucht ist, aber sie setzt sich nicht ganz auf mich rauf, was mir ein Knurren enlockt. Sie spielt mit mir. Okay, dann soll sie spielen. „Ich möchte, dass du mir nie wieder etwas verbietest, ohne vorher mit mir darüber gesprochen zu haben.", sagt sie auf einmal, ohne sich weiter nach unten zu bewegen. So läuft also der Hase. Oh Baby, du hast keine Ahnung, zu was ich fähig bin. Fang niemals so mit mir an, denn sowas kannst du nie gewinnen. „Niemals." Sie will sich gerade wieder erheben, doch ich lasse es nicht zu. Mit einer schnellen Bewegung habe ich sie umgedreht und unter mir festgenagelt. Jetzt kann sie mir nicht mehr entkommen und die Spiele können beginnen. Ich liege mit meinem Gewicht auf ihr. Ihre Hände habe ich mit einer Hand über ihrem Kopf fest im Griff. Mit meinem Fuß schiebe ich ihre Beine auseinander, jetzt liege ich zwischen ihr. Ihre Atmung geht schnell, ihre Augen sind weit aufgerissen, sie hat Angst. Ich will nicht, dass sie Angst hat, aber diese kann ich bei ihr schnell in pure Lust verwandeln. Ich schiebe mich mit einem Ruck in sie hinein, was sie

aufkeuchen lässt. Ich beiße ihr in den Hals, was ihr jetzt einen Schrei entlockt.
„Du.Gehörst.Mir.Mara."
Ich ficke sie so hart, sodass sie auf der Couch nach oben rutscht. Ich packe ihre Hüfte, ziehe sie wieder nach unten und das Gleiche geht von vorne los. Ich ramme mich immer und immer wieder in sie, packe sie dabei am Becken, sodass sie mir nicht wieder nach oben abhaut.
„Du.Machst.Was.Ich.Dir.Sage."
Sie bringt kein Wort mehr aus ihrem hübschen Mund, der von ihren Stöhnen weit aufgerissen ist, heraus. Ich weiß, ich sollte ihr gerade jetzt meine Liebe zeigen, aber sie macht mich so rasend vor Wut. Sie muss endlich begreifen, dass Cal nicht gut für sie und vor allem für uns ist.
„Ich will, dass du sagst, dass du mich verstanden hast."
„Ich habe dich verstanden, Patrick."
„Und wirst du das ab jetzt auch machen, was ich dir sage?"
„Ich werde ab sofort das machen, was du sagst, wenn du es mir erklärst." Oh,

dieses Luder ist wirklich gerissen, dass muss ich ihr lassen. „Ich werde es dir erklären, wenn ich denke, dass ich es dir erklären muss. Ich liebe dich und nur das zählt." Mit diesen Worten werde ich ein bisschen langsamer, stoße aber dennoch fest zu. Ich merke, wie sie kurz vor dem Orgasmus steht. Ich bin selbst kurz davor, aber eins muss ich davor noch wissen, „Vertraust du mir, Mara? Liebst du mich so sehr, wie ich dich liebe." Sie schaut mir in die Augen und sagt, dass was ich hören will, was ich hören muss, damit ich wieder runter komme. „Patrick, ich vertraue dir mein Leben an. Ich liebe dich so sehr, dass ich deine Frau werden will und mein restliches Leben mit dir verbringen will, aber bitte vertrau mir auch, denn nur so, kann es funktionieren." Da hat sie vermutlich recht. Ich muss auch ihr vertrauen. Ich weiß, dass sie mir nie das antun wird, was damals Samantha mir angetan hat. Unsere Körper fangen an zu beben, wir sind soweit und kommen gleichzeitig, mit soviel Zuneigung und Liebe für einander. Wir liegen zusammengekuschelt auf der Couch und hören unserem Atmen zu. Meine Augen werden schwerer, ihre Atmung wird langsam und gleichmäßig, somit schlafen wir beide ein.

# Kapitel 25

*Mara*

Ich hasse es, wenn wir uns streiten. Aber ich liebe es umso mehr, wenn wir uns wieder vertragen. Wir sind beide letzte Nacht auf der Couch eingeschlafen. Nun sitzen wir in der Küche, am Esstisch und trinken Kaffee. „Was wollen wir heute machen?", frage ich ihn, weil ich heute meinen freien Tag habe. „Ich habe heute leider keine Zeit. Ich muss nachher ins Casino und einige Unterlagen durchgehen." Mit einem Schmollmund schaue ich ihn an. Ich hasse es, wenn wir uns streiten aber noch mehr hasse ich es, wenn ich frei habe und er arbeiten muss, aber so ist das nun mal, wenn man Besitzer mehrere Casions ist. „Sei nicht traurig. Ich versuche so schnell wie möglich wieder hier zu sein, sodass wir den Nachmittag noch nutzen können." Das erhellt meine Stimmung schon wieder ein weinig. Ich überlege mir, was ich an meinem freien Vormittag mache, bis Patrick später wieder kommt. Ich werde einfach faul sein, denn das, war ich schon lange nicht mehr. Wir trinken noch unseren Kaffee aus, gehen dann gemeinsam unter die Dusche, wo wir wieder mal eine kleine Nummer schieben. Danach geht Patrick, wie besprochen zur Arbeit und ich fange mit dem Faulsein an.

Ich zeppe durch das Fernsehprogramm, was um diese Uhrzeit wirklich schlecht ist, als ich nichts finde, will ich aufstehen und mir das Bücherregal anschauen, vielleicht finde ich ja da was interessantes. Ich stehe vor dem riesigen Regal, was sich über die ganze Wand erstreckt. Soviele Bücher habe ich noch nie gesehen. Ich will mir gerade eins raus nehmen, als ich höre, wie es an der Tür klingelt. Wer kann das sein? Hat vielleicht Patrick seinen Schlüssel vergessen? Nein, dann hätte er nicht mit dem Auto wegfahren können. Weiter

darüber grübelnd, wer das sein könnte, gehe ich zur Wohnungstür und mach auf, ohne durch den Spion zu schauen. Es ist Cal. Wenn das mal wieder keine Ärger gibt. „Was machst du denn hier?"
„Ich wollte nach dir sehen, ich habe mir Sorgen gemacht, du hast auf keine Nachricht von mir reagiert."
„Ich habe mein Handy gestern ausgemacht, aber wieso machst du dir Sorgen? Ich bin bei deinem Bruder. Ich verstehe euer Getue schon langsam nicht mehr und dieses ständige beschützen. Es muss mich hier keiner beschützen." Oh man, wann begreifen die Männer es endlich, dass ich ein großes Mädchen bin. „Okay, es tut mir leid. Darf ich trotzdem reinkommen, wenn ich schon mal hier bin?" Ich kann ihn jetzt auch nicht einfach draußen stehen lassen, dafür bin ich einfach zu höflich, also sage ich: „Klar, komm rein." Zusammen gehen wir beide zur Couch und mich beschleicht schon wieder dieses ungute Gefühl, was ich

aber schnell unterdrücke. „Willst du was trinken?"

„Hast du ein Bier? Ich schaue ihn an und dann auf die Uhr, „Du weißt schon, dass es erst 10:00 Uhr Morgens ist?"

„Ich habe heute nichts mehr vor."

„Gut, dann eben ein Bier." In der Küche angekommen, hole ich ihm sein Bier und wenn wir schon mal dabei sind, gönne ich mir ein Glas Wein, ich habe ja schließlich heute frei und auch nichts mehr vor. Mit beidem in der Hand gehe ich zurück ins Wohnzimmer. „Also hier wohnst du jetzt mit ihm zusammen?" Oh man, schon wieder diese Fragen. Er müsste es doch eigentlich wissen oder zumindest müsste er es ahnen.

„Hast du das noch nicht gewusst? Patrick hat es dir doch bestimmt schon gesagt!"

„Doch, sonst hätte ich ja hier nicht nach dir gesucht. Ich wollte nur eine Unterhaltung anfangen.", sagt er mir mit einem Lächeln. Das ungute Gefühl von gerade ebend erfüllt mich schon wieder, genauso wie der Gedanke, warum er jetzt herkommt, wo Patrick gerade gefahren ist. Ob er wohl wusste, dass ich alleine bin? Der Gedanke daran, dass er vielleicht sogar das Haus beobachtet hat, vertreibe ich schnell aus meinem Kopf, denn dann bekomme ich nur noch mehr Hirngespinnste. Wahrscheinlich war es nur reiner Zufall.

Wir nehmen beide einen Schluck, stellen dann unsere Getränke auf den Tisch und schauen uns an. „Wie geht es dir?"
„Wie du sieht, lebe ich noch, also geht es mir gut. Wie sieht es bei dir aus?"
„Sehr gut, da ich jetzt weiß, dass es dir gut geht." Ich merke, dass er mich ansieht und das er verdammt nah an mich herrangerutscht ist. Was soll das? Wieso kommt er mir jetzt so nahe? „Weißt du eigentlich, wie wunderschön du bist?", sagt er so plötzlich, dass ich erst dachte, ich habe mich verhört. Ich ziehe eine Augenbraue nach oben, weil ich das gerade nicht relisieren kann. „Ich hätte es schon damals auf der Uni sehen müssen."

Er rutscht noch näher zu mir, legt plötzlich auch noch seine Hand auf meinen Oberschnekel und streichelt ihn. Mir wird ganz komisch zumute. Ich merke, wie ich plötzlich Panik bekomme und die Gänsehaut von vorhin, ist jetzt noch viel stärker da. Das ist gar nicht gut, überhaupt nicht gut. Das alles ist doch nur ein böser Traum, das darf nicht passieren.
„Cal was soll das alles? Was machst du da?"
„Nichts, ich will dir nur sagen, wie wundervoll du bist und das ich ein Narr war, dass ich das nicht viel früher erkannt habe."
Er kommt mit seinem Mund näher an mein Ohr, ich kann mich nicht mehr rühren, irgendwas läuft hier falsch. Nein, dass alles darf nicht passieren. Ich bin hier ganz alleine und Cal zeigt grad eine Seit, die ich überhaupt nicht einschätzen kann. Was ist, wenn er weiter geht? „Du hättest damals mir gehören sollen, doch jetzt gehörst du ihm und das ist der falsche Platz, an dem du stehst.", raunt er

mir ins Ohr und ich werde kalkweiß im Gesicht.

Eine Stimme schreit in meinem Kopf, dass ich aufspringen soll, doch mein Körper ist wie erstarrt. Ich will mein Gesicht wegdrehen, doch er nimmt mein Kinn mit seiner Hand und hält es fest, ein bisschen zu fest. Mir wird schwindelig und schlecht. Ich weiß nicht mehr, was ich machen soll. „Du brauchst keine Angst vor mir haben. Ich tue dir nicht weh." Er kommt mit seinem Mund immer näher zu meinen Lippen. Er will mich küssen. Oh Gott, er will mich jetzt wirklich küssen.

Bevor ich jedoch begreifen kann, was mit mir passiert und was Cal vor hat, wird mit einem Mal die Tür aufgerissen und Patrick steht mitten im Raum. Er sieht so böse aus, dass ich Angst habe, dass er gleich einen von uns beiden umbringen wird. Aber ich bin mir sicher, dass nicht ich es sein werde, denn er hat bestimmt gesehen, dass sein Bruder das alles angefangen hat. Das hoffe ich zumindest.

„Was ist hier los?"
Ich probiere sofort von Cal wegzuspringen, doch er lässt mich nicht, was mir ein bisschen Angst einjagt. Ich sehe, dass Patrick mit großen Schritten zu uns kommt und ich bekomme sofort eine Gänsehaut, aber nicht vor Angst, denn ich weiß, dass er mir niemals etwas antun würde. Er hat zum Glück die Situation sofort richtig erkannt, nämlich, dass nicht ich die Schuldige und Böse bin, sondern sein Bruder. „Nimm sofort deine Finger von ihr." , zischte Patrick Cal durch zusammengebissene Zähne an. Seine Nasenflügel blähten sich auf und die Venen an seinen Armen treten hervor, weil er seine Hände zu Fäusten zusammen geballt hat. Cal stößt mich sofort weg, wodurch ich ins wanken komme und mit dem Hintern auf den Boden falle und das sogar sehr hart. Patrick ist sofort bei mir und nimmt mich

in den Arm, „Ist alles okay bei dir?", fragt er mich mit einer besorgten Stimme. „Ja, es ist alles in Ordnung." Als er bemerkt, dass mit mir wirklich alles stimmt, dreht er sich zu Cal und sieht ihn bitterböse an. Wenn Blicke töten könnten, wäre Cal sofrot tot umgefallen. „Was wolltest du hier machen, Cal?" Ich habe gerade ein bisschen Angst vor der Antwort, weil ich weiß, wenn er ihm jetzt sagt, dass er mich küssen wollte und das ich an der falschen Seite stehe und zu ihm gehören sollte, dann wird Patrick Cal umbringen, da bin ich mir ziemlich sicher. Denn er hat mehr als ein Mal gezeigt, dass ich sein bin. „Ich wollte Mara nur klar machen, dass sie den Falschen ausgesucht hat, dass sie mir früher hätte auffallen müssen, bevor sie in deine Hände fliegt, aber es ist ja nie für etwas zu spät, wenn man es unbedingt haben will. Und du weißt nur zu gut, mein lieber Bruder, dass ich bisher auch immer alles bekommen habe, was ich wollte." Ich kann nicht glauben, was ich da höre, entweder ist Cal total lebensmüde oder er hasst seinen Bruder wirklich so sehr, dass er ihm das antun wollte. Das er sich das holen wollte, was einem anderen gehört, aber das kann mir egal sein. Ich weiß, zu wem ich gehöre. „Das hast du jetzt nicht wirklich gesagt, Cal?"

„Was soll ich nicht gesagt haben? Dass du mich kennst? Das ich immer das bekomme, was ich haben will?" Ich will nur noch weg. Ich will mir das nicht mit anhören, als ich jedoch gehen will, sagt plötzlich Cal zu mir: „Mara, Süße wo willst du denn hin? Ich denke wir sind hier noch nicht fertig."

„Wage es ja nicht, sie so anzusprechen.", knurrt Patrick.

„Sonst was Patrick?"

„Du weißt, dass ich auch vor dir nicht halt machen werde." Okay, jetzt will ich wirklich gehen. Ich gehen einen Schritt nach vorne und will mich gerade verdrücken, als Cal mich am Arm packt und zu sich zieht. Ich kann gar nicht schnell genug realisieren, was da gerade passiert ist. Jetzt stehe ich in seinen

Armen und er hat mich fest im Griff. Mit erschrockenen Augen sehe ich zu Patrick, der sich nur schwer zusammenreißen kann, er macht aber nichts, weil er nicht weiß, was Cal vor hat. „Du duftest so gut, Süße." Er kommt mit seiner Nase an meinen Hals und ich könnte kotzen. Ich will mich von ihm befreien und trete um mich, in der Hoffnung, dass ich ihn erwische. Aber es ist zwecklos. „Na na, nicht so wild, das kannst du später alles raus lassen, wenn ich dich da habe, wo ich dich schon die ganze Zeit haben will. Ich wette mit dir, du bist viel heißer und wilder und nicht so langweilig im Bett, wie deine kleine dumme Freundin. Sie war nur Mittel zum Zweck, weil ich wusste, dass du früher oder später zu mir kommen wirst, um die Sache zu klären. Tja, einfacher hätte es gar nicht laufen können." Wie habe ich nur so dumm sein können? Ich glaube das alles nicht. Ist er so manipulativ oder ich nur so naiv? „Du wagst es nicht, sie anzufassen?"

„Patrick, Bruder, wir beide wissen doch, dass ich das machen werde oder kannst du dich nicht mehr an Samantha erinnern?" Was, wie bitte, wer ist Samantha? „Mara, was, du kennst Sam noch nicht? Hat dir mein Bruder etwa was verheimlicht? Patrick wie kannst du nur deine erste große Liebe verheimlichen, mit der du sogar auch verlobt warst?"

Ich schau jetzt zu Patrick, er ist am Boden zerstört, hat Wut, Hass und auch Trauer in den Augen stehen. Ich möchte ihm mit meinem Blick signalisieren, dass alles in Ordnung ist, dass er keine Angst haben muss, dass ich weg bin. Jeder Mensch hat eine Vergangenheit und eine große erste Liebe. Ich habe das Gefühl, dass er mich gar nicht wahrnimmt, dass er durch mich durch sieht. Doch mit einem Mal macht er einen Sprung nach vorne und will sich Cal greifen, aber er nimmt mich als Schutzschild. Dieser verfluchte Arsch nimmt mich wirklich als Schutzschild.

„Komm mir zu nahe und ich werde deinem Baby vor deinen Augen die Klamotten vom Leib reißen und sie genauso vor dir ficken, wie ich es damals auch bei Sam gemacht habe."
„Du bist so ein wiederliches Arschloch. Ich werde nicht zulassen, dass du mich anfässt. Niemals.", knurre ich ihn mit meiner letzten Kraft an.
„Ich liebe es, wenn du kämpfst." Ich kann seine Erektion an meinem Hintern spüren und mir wird noch übler. „Willst du es ihr sagen Patrick oder soll ich es ihr sagen?" Patrick bekommt nur ein Knurren zustande, er ist so wütend und ich weiß, wenn Cal nicht bald von mir ablässt, wird diese Geschichte nicht gut ausgehen. Ich kann schon sehen, wie Patrick im Kopf Mordpläne schmiedet. „Patrick, es ist alles in Ordnung. Ich liebe dich und nichts kann sich zwischen uns drängen.", probiere ich ihn zu besämftigen. „Oh, wie süß ihr zwei doch miteinander seid, einfach zum dahinschmelzen. Kennst du die Geschichte von damlas, Mara?", sagt

er es mit einem fiesen Grinsen im Gesicht.

„Nein und ich will sie auch gar nicht hören."

„Wie schade, ich werde sie dir aber trotzdem erzählen." Ich befürchte, dass ich gleich umkippen werde, denn so wie Patrick mich ansieht, wird mir das nicht gefallen, was ich gleich hören werde. Aber ich muss stark bleiben, ich darf keine Schwäche zeigen, denn sonst bin ich noch mehr leichte Beute für Cal als ich es jetzt schon bin. „Damals hatte Patrick eine Freundin, sehr hübsch, lange blonde Haare, strafe Brüste, strafer Hintern, einfach eine Bilderbuch Frau. Sie war dazu auch noch sympathisch. Wir haben damals viel zu dritt gemacht, sind mit einander ausgegangen, haben gefeiert oder uns einen Film im Kino angesehen. Nur wurde ich von Mal zu Mal immer mehr in den Hintergrund gerückt und das gefiel mir nicht. Patrick war an dem Abend, als es passiert ist, bei Arbeit im Casino. Sam und ich saßen auf der Couch,

haben einen Film gesehen, was getrunken und uns super unterhalten. Ich spürte, dass sich da was entwickelt, nur wusste ich nicht, ob es auch von ihr aus ging. Ich wollte sie testen, bin zu ihr gerutscht, habe meinen Arm auf die Rückenlehne gelegt. Habe mit ihrem Haar gespielt, sie an der Schulter und über ihr Schlüsselbein bis in die Mitte ihrer Titten gestreichelt und Himmel, Mara, die Titten waren ein Traum."
„Hör auf Cal."
„Aber wieso denn? Jetzt wird es doch erst interessant. Also wo war ich? Ach ja, ich glitt mit meinen Finger zwischen ihre Titten, sie fing an zu stöhnen und reckte sich mir entgegen, jetzt wusste ich es. Ich ging noch weiter, sehr viel weiter. Wir haben gevögelt, ich konnte nicht mehr genug von ihr bekommen, aber wie du siehst, sind wir nicht zusammen. Am nächsten Tag sagte sie mir, dass es ein Ausrutscher gewesen wäre. Dies konnte ich nicht so hinnehmen, ich ließ nicht locker und wir fingen eine Affäre an.

Alles schön und gut, aber ich wollte mehr. Ich wollte nicht nur ihre Fickbeziehung sein. Ich wollte alles für sie sein. Wir sahen uns ein paar Tage nicht und als sie wieder zu mir kam, war Patrick mit dabei und er strahlte bis über beide Ohren, da wusste ich, igendetwas stimmt nicht. Sie sagten mir, dass sie heiraten wollen und für mich ist eine Welt zusammengebrochen. Ich konnte und wollte es nicht glauben. Ich musste das verhindern."

Mir stiegen die Tränen in die Augen, als ich diese Geschichte hörte und ich sah es an Patrick an, dass es ihm genauso geht. Er leidet und das sehr. Cal fängt an, weiter zu erzählen, obwohl ich den Rest gar nicht mehr hören will. „Ich wollte Sam noch ein letztes Mal sehen und spüren. Das habe ich zu mindest zu ihr gesagt, als ich sie einlud, zu mir zu kommen. Mein Plan war, auch Patrick einzuladen, nur ein klein wenig später. Also schrieb ich auch ihm, ob er nicht auf ein paar Bier vorbeikommen will, um mit mir anzustoßen. Sam kam, es ging zur Sache und weißt du was, Mara? Patrick kam auch. Genau zu dem richtigen Zeitpunkt, genau dann, als ich tief in Sam steckte. Sie schrie meinen Namen so laut, weil ich sie so hart fickte. Mein Plan ist aufgegangen, nur nicht so, wie ich es wollte. Patrick und Sam trennten sich, aber ich bekam Sam auch nicht. Aber dich Mara werde ich bekommen, koste es was es wolle. Diesmal werde ich es richtig machen"

„Du bist ein wiederliches Schwein. Su wirst mich nie haben." Ich hätte niemals gedacht, dass sich zwei Menschen aus einer Familie so sehr hassen können. Ich habe mich getäuscht. Cal kommt mit seinem Mund an mein Ohr und haucht mir hinein: „Süße, ich werde all seine Spuren von deinem Körper ficken, denn du kannst nichts dagegen tun und du wirst es genießen,."

„Niemals."

„Oh, du wirst sehen."

Ich bekomme immer mehr Angst, Patrik steht da und rührt sich nicht mehr, er ist wie erstarrt. Ich muss ihn aus seine Starre holen, er muss mir helfen, wir werden dies hier schaffen.

„Patrick, sieh mich an." Er reagiert nicht, also sage ich es lauter, nein, ich schreie schon fast. „Patrick, jetzt sieh mich an." und er hebt seinen Blick und sieht mir in die Augen. „Wir werden es schaffen, du musst mir helfen, er darf mich nicht anfassen.", doch das interssiert Cal nicht, denn er gleitet mit seiner Hand meinen Körper hinab, über meine Brust, über meinen Bauch und es ekelt mich an. Vor meinen Augen dreht sich alles und ich höre das Blut in meinem Ohr rauschen. Ich will das nicht, aber ich kann mich nicht wehren. „Siehst du das, Patrick? Und sie ist sogar noch schöner als Sam. Ich werde es genießen, sie für mich zu makieren."

„Wie wäre es wenn wir sie uns diesmal teilen?", höre ich plötzlich Patricks Stimme. Ich kann es nicht glauben, was er da gerade gesagt hat. Ich schaue zu ihm, aber in seinen Augen sehe ich kein Anzeichen von einer Falle. Er meint es wirklich ernst. „Du willst sie mit mir teilen? Auf die Idee bin ich ja noch gar nicht gekommen, dass hätten wir damals schon machen sollen."
„Das kann nicht dein Ernst sein, Patrick. Das kannst du mir nicht antun. „Halt dein Maul, Mara." Mir bricht das Herz, ich habe es wirklich mit zwei Psychopaten zu tun und ich bin mit ihnen alleine. Ich bin gefangen in einem Albtraum.
Ja, dass muss es sein, ich muss nur aufwachen, dann ist alles vorbei.

## Kapitel 26

*Patrick*

Mir zerreißt es das Herz. Ich habe in Maras Augen gesehen. Ich habe gesehen, wie sie mich angeschaut hat, als ich den Vorschlag machte, sie mir mit meinem Bruder zu teilen. Sie versteht es falsch, ich will sie nur schützen und ich habe einen Plan. Nur kann ich ihn ihr nicht sagen, mein Bruder darf nicht mitbekommen, dass ich ihn reinlegen will, deswegen muss ich es ihr antun. Ich muss ihr wehtun, denn nur so kommt es auch echt rüber. Ich sehe Cal in die Augen, um seine Reaktion abzuwarten.
Er findet die Idee gut. Ich hätte niemals gedacht, dass mein Bruder so ein krankes Arschloch ist. Ich dachte, er hat sich damals in Sam verliebt, aber er kann keine Liebe empfinden. „Wie und wo willst du es machen?", höre ich ihn plötzlich sagen und reißt mich aus meinen Gedanken. Ich muss das jetzt

durchziehen, um Mara zu retten, denn wer weiß, was er alles mit ihr vor hat und zu was er alles in der Lage ist. „Ich würde vorschlagen, dass wir sie festbinden, damit sie uns nicht abhauen kann und dann überlegen wir uns, wie wir weiter machen." Dies war das Beste, was mir einfällt, ich muss mir jetzt gut überlegen, wie es weiter geht. Ich darf keine Fehler machen, sonst durchschaut er meinen Plan. „Gute Idee, wo hast du was zum festbinden?"

„In der Speisekammer, willst du es holen?"

„Nein, gehe du. Ich passe in der Zwischenzeit auf unsere Süße hier auf." Misst so war das nicht geplant. Ich wollte ihn von ihr weglocken, denn wenn sie erst einmal gefesselt ist, muss ich es druchziehen. Aber ich darf jetzt keine Schwäche zeigen, denn das verrät mich. „Dann hole ich die Sachen und du passt auf unsere Kleine auf." Ich muss echt aufpassen, dass mir bei dem Wort „unsere" nicht die Galle hochkommt.

„Gute Idee, beeile dich. Ich kann es kaum erwarten." Ich gehe also schweren Herzens in Richtung der Speisekammer, um die Sachen zu holen, ohne Mara dabei nochmal in die Augen zu sehen, aber im Augenwinkel kann ich sehen, dass sie sich aufgegeben hat. Sie hat sich ihren vermeindlichen Schicksal ergeben und kämpft nicht mehr, wieso auch?. Sie denkt, dass sie den Kampf verloren hat. Als ich in die Kammer trete, höre ich auf einmal die Tür zufallen.

Bevor ich mich umdrehen kann, um sie aufzuhalten, ist sie schon zu und ich höre wie der Schlüssel umgedreht wird. So eine Scheiße, was soll das jetzt? Ich höre Cal noch rufen. „Hast du wirklich gedacht, ich sei so dumm und würde dir glauben, dass du dir mit mir deine Maus teilen willst? Da kennst du mich aber sehr schlecht, Bruderherz." Scheiße, Scheiße, Scheiße.

Was mache ich jetzt? Ich habe Angst um Mara. Wer weiß, was er ihr jetzt alles antun wird, nur wegen meiner Dummheit. Ich hätte ihn einfach umnieten sollen, als ich die Gelegenheit dazu hatte, jetzt ist es zu spät und ich werde sie nie wieder sehen. Ich höre Mara schreien, sie wehrt sich mit allem, was sie hat. Ich bin stolz auf sie, aber das bringt uns jetzt nicht weiter. „Mara, halt durch, ich werde dich zurückholen." Meine Rufe sind vergebens, denn die Tür zu meinem Haus fällt ins Schloss und sie sind weg, er ist mit ihr weg, bloß wohin? „Das weiß ich nicht.", sage ich zu mir selbst. Ich muss es irgendwie schaffen, mich zu befreien. Ich muss sie befreien, bevor es zu spät ist.

Zwanzig Minuten später habe ich es endlich geschafft, aus meiner eigenen Speisekammer zu entkommen. Wie erbärmlich. Jedenfalls weiß ich, dass falls einer mal hier einbrechen sollte, dann muss ich ihn in die Kammer einsperren, bis die Bullen endlich da sind. Ich habe keine Zeit mehr, ich muss mir jetzt gut überlegen, wo Cal stecken könnte. So wie ich ihn kenne, wird er es mir nicht leicht machen, ihn zu finden. „Wo könntest du stecken, Cal?", frage ich mich selbst laut, weil ich hoffe, dass mir so die Antwort einfällt. Ich gehe in Gedanken alle Möglichkeiten durch. Auf dem College Gelände? Nein, womöglich nicht. Hat er irgendein Haus im Wald? Nein, dass denke ich auch nicht. Ist er bei irgendeinen Kumpel untergekommen? Das ist auch unwahrscheinlich, was sollte er ihm auch sagen, wenn er da mit einer gefesselten Frau auftaucht. In seinem Penthaus kann er auch nicht sein, dass liegt mitten in der Stadt. Also wo zum Teufel ist er.

Ich habe schon langsam keine Geduld mehr und bin am verzweifeln. Je länger ich darüber nachdenke, um so weiniger komme ich auf die Lösung. Ich habe aber keine Zeit mehr, wer weiß, was er schon alles gemacht hat. Oh Gott, wenn er sie auch nur einmal angefasst hat, dann bringe ich ihn um, egal ob er mein Bruder ist, nachdem was er mir früher und auch jetzt angetan hat, kann ich ihm nicht mehr verzeihen. Das habe ich schon ein Mal, ein zweites Mal kann ich das nicht vergessen. Wild im Wohnzimmer laufe ich auf und ab, mein Kopf raucht, meine Füße tun weh und meine Hände haben offene Wunden, weil ich wie wild gegen die verschlossene Tür gehämmert habe. Mir fällt nichts mehr ein. Ich probiere, mich an alles zu erinnern, was meinen Bruder angeht. Alte Kumpels, Wohnungen, Clubs, die jetzt nicht mehr offen sind. Bis mir ein Licht aufgeht.

Cal hatte damals ein altes Haus gekauft, er wollte es renovieren und später dann teuer verkaufen. Er dachte, dass er damit reich werden könnte, nur hat sich die Idee in Sand aufgelöst. Es kostete zu viel und hätte zu lange gedauert. Es wäre schwer gewesen, es dann für einen angemessenen Preis wieder zu verkaufen, weil es sich in einer ruhigen und abgelegende Waldgegend befindet und er vermutlich

Verlust gemacht hätte. Seitdem steht es leer. Da muss er sein.
Bitte Herr, lasse ihn da sein. So schnell ich kann, ziehe ich meine Schuhe an, nehme meine Schlüssel und will gerade los, als mein Blick in die Küche zum Messerblock gleitet. Sicher ist sicher, dachte ich mir. Bevor ich zur Tür rausrenne, nehme ich mir mein Handy und rufe jemanden an, derjenige könnte mir wohlmöglich das Leben retten und das von Mara, wenn es hart auf hart kommt. Michael!

„Hey Michael, hör mir jetzt gut zu…"

## Kapitel 27

*Mara*

Meine Hände sind auf dem Rücken zusammen gebunden. Ich trage einen Sack über dem Kopf und liege auf der Rückbank von Cals Pickup. Wieso zum Teufel fährt er einen Pickup? Er hat doch einen Sportwagen. Vermutlich hat er ihn sich ausgeliehen, weil ich jetzt gleich als Leiche darin liegen werde und er seinen schicken Sportwagen nicht einsauen will. Bei dem Gedanken bekomme ich eine Gänsehaut. Ich muss mich konzentrieren, damit ich mit bekomme, wo wir hinfahren, falls ich es schaffe, zu flüchten.

Das Einzige, was mich beruhigt, ist, dass es Patrick nicht so gemeint hat, als er sagte, lass sie uns doch teilen. Ich dachte wirklich schon, dass er es ernst meint, nur leider ist sein Plan nach hinten los gegangen. Ich hoffe, es geht ihm gut. Ich weiß, dass Cal ihn in die Kammer

eingesperrt hat, aber konnte er sich auch befreien? Wird er wissen, wo ich bin? Was wird passieren, wenn er mich findet? Wie wird das alles ausgehen? Mir schießen so viele Fragen durch den Kopf, dass ich gar nicht mitbekomme, dass der Wagen angehalten hat. Ich bin stocksteif. Ich habe Angst. Ich muss es ihm so schwer wie nur irgendwie möglich machen, mich aus diesem Wagen zu bugsieren. „So, meine Süße. Wir sind Zuhause."
„Ich bin nicht deine Süße und wir sind auch bestimmt nicht Zuhause."

Wenn ich könnte, würde ich ihm ins Gesicht spucken, aber ich trage ja leider einen Sack über dem Kopf. Er wirft mich über seine Schulter und trägt mich weg, aber wohin, dass weiß ich nicht. Ich kann nichts erkennen und hören erst recht nicht, wir müssen irgendwo außerhalb der Stadt sein, man hört keine Autos oder andere Menschen. Oh Gott, mir wird gleich schlecht. Er wird mich doch nicht

in igendeinen Wald gebracht haben, was
die lange Fahrt natürlich erklären würde.
Was mach ich denn jetzt? Hier wird mich
keine Sau finden, geschweige denn
hören. Ich bin geliefert, er kann mit mir
machen, was er will. Ich will mir gar nicht
ausmalen, was das alles sein wird.
Wir gehen Stufen hinauf, dann wird eine
Tür aufgemacht, sie knarzt ein wenig,
was heißt, dass es eine ältere Tür ist.
Meine Sinne sind geschärft, was auch gut
ist. Wir gehen eine weitere Treppe hinauf,
dann wird wieder eine Tür aufgemacht.
Er legt mich auf etwas weiches, ich
denke, es ist ein Bett. Dann wird es auf
einmal hell, er hat mir die Kaputze vom
Kopf genommen. Ich brauche ein paar
Sekunden, bis ich was erkennen kann. Er
kommt mir mit seinem Gesicht
bedrohlich nahe und spuckt mir die Wörte
nur so zu: „Wage es ja nicht, irgendwas
zu unternehmen, du wirst es bereuen."
Das hat jetzt meine Pläne durcheinander
gebracht, ich wollte ihm eigentlich ins
Gesicht spucken, ihm die Augen

auskratzen, ihn beißen und schlagen, doch ob ich mich das jetzt noch trauen soll? Ich weiß es nicht. „Was hast du mit mir vor?", will ich wissen, damit ich weiß, worauf ich mich vorbereiten muss. „Willst du etwas trinken? Du musst ja am Verdursten sein." Trinken? Ja, dass wäre jetzt das Richtige, mein Mund fühlt sich nämlich staubtrocken an. Ob ich ihm trauen kann? Wer weiß, vielleicht macht er mir ja auch irgendwelche Tropfen ins Getränk, um mich gefügig zu machen. Ich bekomme es immer mehr mit der Angst zu tun.

„Du brauchst keine Angst haben, ich will dich bei vollem Bewusstsein. Ich will, dass du genau mitbekommst, was du verpasst hast, als du mit meinem Bruder zusammen warst und nicht mit mir." Kann er jetzt auch noch Gedanken lesen? Dennoch lehne ich ab, etwas zu trinken. „Nein." Er schaut mich mit zusammen geknniffenen Augen an. „Du solltest es dir schon mal bequem machen, ich bin gleich

wieder bei dir." Was hat er vor? Will er mich jetzt etwa alleine lassen? Dies könnte aber meine Gelegenheit sein, alles in Augenschein zu nehmen, vielleicht finde ich ja eine Fluchtmöglichkeit.
Bevor ich den Gedanken zu Ende bringen kann, ist er auch schon aus dem Raum verschwunden. Ich bin alleine, aber das Glück ist nicht auf meiner Seite, denn er hat die Tür zugesperrt. Scheiße. Ich springe sofort vom Bett auf und laufe zum Fenster. Oh Gott, wir sind wirklich in einem Wald, ringsherum sind nur Bäume, Bäume und nochmals Bäume, egal wo ich hinschaue. Ich könnte schreien. Ich lasse mich auf die Lounge vor dem Fenstzer nieder, lasse den Kopf in meine Hände fallen und fange an zu weinen. Bis ich eine Tür höre, die aufgeht. Schnell wische ich mir die Tränen von der Wange. Er soll nicht sehen, wie verzweifelt ich bin. Ich darf keine Schwäche zeigen, nicht vor ihm. Ich spüre, wie er zu mir kommt. Er legt mir einen Arm auf die Schulter, ich zucke sofort zurück. „Du brauchst keine

Angts haben, Mara. Ich könnte dir nie etwas antun." Ich lache auf, „Ist das dein ernst, Cal? Du kannst mir nicht weh tun? Das hast du schon, indem du mich in dem Glauben gelassen hast, dass du ein Freund bist. Dann hast du mich entführt, mich von meiner Liebe fortgerissen und mich hier eingesperrt. Was ist das für dich, wenn es nicht weh tun ist."

„Mara, ich mache das aus Liebe zu dir."
Ich glaube, ich höre nicht richtig, „Oh nein, du machst sowas nicht aus Liebe, so etwas nennt sich Hass. Hass auf jemanden zu haben, der aus dem selben Blut besteht. Du kannst keine Liebe empfinden." Ich sehe in seinem Blick, dass ich die falschen Worte ausgewählt habe, aber das ist mir egal. Ich musste es einfach sagen, weil es die Wahrheit ist. Er kommt mir noch näher, bis sich unsere Nasen fast berühren und sagt dann ganz leise, so das ich es fast nicht verstehen kann: „Du wirst es schon noch erkennen. Du wirst solange hier bleiben und Zeit haben es zu verstehen.

Du.Gehörst.Jetzt.mir." Er streicht mir durchs Haar. Ich bin wie erstarrt, kann mich nicht bewegen, meine Atmung geht immer schneller, ich glaube, ich hyperventiliere gleich. „Du riechst so gut." Bitte lieber Gott, mache das mich Patrick schnell findet.

Er packt mich an den Haaren zieht mich auf meine Füße, reißt mich so plötzlich rum, dass ich fast hinfalle, doch der Griff in meine Haare ist so stark, dass ich mich gar nicht traue, hinzufallen. Er schmeißt mich Richtung Bett, nur lande ich nicht darauf, sondern auf dem Boden. Der Aufprall raubt mir den Atem. „Cal, bitte wenn du mich liebst, dann tu das nicht, lass mich gehen oder lass mich zumindest alleine, bitte.", flehe ich ihn an, obwohl man mich kaum hören kann. Ich glaube, ich habe mir durch den Sturz eine Rippe geprellt, wenn nicht so gar gebrochen. „Du denkst, ich lasse dich jetzt noch gehen, jetzt wo ich dich schon mal so weit habe? Oh Mara, du kennst mich nicht wirklich gut, aber das wird sich schon noch ändern." Als ich auf dem Boden liege, kniet er sich zwischen meine Beine, er streichelt mit seiner Hand meinen Oberschenkel nach oben und will gerade die Hand zwischen meine Beine schieben. Ich probiere meine Beine zusammenzupressen, was ihm nicht gefällt, denn er wird immer aggressiver bis er schließlich mit beiden Händen meine Füße auseinander reißt. „Du wirst mir mit Leib und Selle gehören. Versuche erst gar nicht, dich dagegen zu wehren, lass es zu und es wird dir gefallen, was ich alles mit dir machen werde. Jetzt erlebst du wie es ist, einen richtigen Mann zu haben."

„Ich werde dir niemals gehören, eher sterbe ich."

„Oh, das wollen wir doch mal nicht hoffen." Er kniet jetzt direkt zwischen meinen gespreitzten Beinen, ich fühle mich so schutzlos, weil ich nichts dagegen machen kann. Ich muss es über mich ergehen lassen und hoffen, dass es bald zu Ende sein wird. Er zerreißt mir mit einem Ruck das Oberteil. Er schaut zu mir hinab und ich kann in seinen Augen die Gier sehen, den Hunger nach Macht, die Lust, aber vor allem kann ich die Kälte in ihnen sehen. Ich schließe meine Augen, weil ich hoffe, dass ich es leichter ertragen kann. „Mach deine Augen auf, ich will dir dabei zusehen, wie du kommst, wenn ich dich erst einmal in Besitz nehme." Ich tue nichts dergleichen, was ich aber sofort bereue, denn er schlägt mir mit voller Wucht ins Gesicht. Mir wird kurz schwindlig und ich bin kurz davor, dass Bewusstsein zu verlieren, aber diesen Gefallen tue ich ihm nicht. Ich muss wach bleiben. Meine Wange schmerzt und ich glaube, ich blute aus der Nase. „Du bist ein wiederliches Schwein." Beim beenden des Satzes kann ich ihm endlich ins Gesicht spucken, so wie ich es von Anfang an schon machen wollte. Es interessiert ihn aber nicht, er wischt es sich nicht mal weg. „Es wird mir ein Vergnügen sein, dich so lange zu

nehmen, bis du den Widerstand aufgibst."
Ich kann nichts mehr drauf erwidern, ich habe keine Kraft mehr, es ist ja sowieso hoffnungslos.
Er packt mich, hebt mich hoch und legt mich dann aufs Bett, ich lasse es geschehen. Er nimmt meine Knöcheln, bindet sie an die Bettpfosten fest. Das Gleiche macht er mit meinen Armen, dann erhebt er sich, schaut mich an, dreht sich um und geht einfach. Ich kann es nicht glauben, ich bin nackt und an einem Bett gefesselt und er geht einfach. Sollte ich jetzt froh sein oder Angst haben? Bevor er jedoch ganz durch die Tür hinausgeht, dreht er sich noch einmal zu mir um, „Keine Sorge, Süße. Ich komme gleich wieder. Ich möchte nur noch etwas holen, solange kannst du doch bestimmt noch warten oder?." Ich kann es nicht glauben, er grinst breit, er sieht wirklich gruselig dabei aus, wie der Joker.

Als er die Tür schließt, bin ich wieder alleine mit mir und meinem Schicksal.

Dann höre ich auf einmal einen lauten Knall, dann Geschreie. Ich höre sogar Geschirr oder etwas ähnliches, auf den Boden fallen. Was geht hier vor sich? Er sagte, er muss noch etwas holen, was ist das und ist es gut für mich oder eher schlecht. Ich kann mich nicht bewegen, weil ich festgebunden bin. Jeder der hier reinkommt wird mich sehen und ich bin ihm komplett ausgeliefert. In meinen Gedanken spiele ich alle möglichen Szenarien durch, was hier gleich passieren kann. Ich zucke heftig zusammen, als auf einmal die Tür aufgeht und kein anderer als Patrick in das Zimmer kommt, er sieht mich, wie ich ans Bett gebunden bin. Sein Gesicht verzieht sich voller Hass, dann greift er in seine Tasch, holt etwas heraus und spricht hinein. „Michael, lass ihn bluten. Ich will, dass er Qualen erleidet. Ich will, dass er sich wünscht, nie geboren worden zu sein

# Kapitel 28

*Patrick*

Ich lag richtig mit meiner Vermutung, dass Cal sich in dem alten Haus versteckt hat. Ich wollte sofort reinstürmen und ihn kalt machen, doch Michael hielt mich zurück, was wahrscheinlich auch logischer gewesen ist. Wir mussten zuerst sehen, wo er sich mit ihr versteckt hat, vor allem aber mussten wir sicher gehen, dass Mara außer Gefahr ist, wenn wir zugreifen. Als wir merkten das er aus dem Zimmer im obersten Stockwerk rausgegangen ist, konnten wir endlich rein. Michael hielt sich nicht lange damit auf, einen Weg hinein zu finden, sondern brach sofort die Tür auf, was bei dem alten Haus auch nicht schwer war. Ich rannte sofort die Treppe hoch zu Mara, während Michale sich Cal schnappte. Als ich in das Zimmer kam und sie nackt und gefesselt auf dem Bett liegen sah, war es bei mir zu Ende. Ich holte mein Telefon aus der Tasche, rief Michael an und sagte ihm, dass er ihn leiden lassen soll. Er soll ihn bluten lassen für das, was er ihr angetan hat, egal ob es mein Bruder ist oder nicht.

Als ich damit fertig bin, gehe ich sofort zu ihr, ich binde sie los. Ich nehme die Decke und bedeckte sie damit, dann nehme ich sie in die Arme und halte sie vorsichtig fest. „Geht es dir gut? Hat er dir was an getan? Bist du verletzt? All diese Frage kamen so schnell aus meinem Mund, sodass ich sie selber kaum verstand. „Patrick, Gott sei Dank hast du mich gefunden. Er wollte gerade…". Sie beendete den Satz nicht und bricht in meinen Armen zusammen. „Tscht, es ist alles okay. Ich bin ja da, er kann dir nichts mehr tun." Sie weint noch lange in meinen Armen, bis keine Träne mehr kommt und sie keine Kraft mehr hat. „Können wir gehen? Ich will einfach nur nach Hause."

„Ist wirklich alles okay bei dir?" Sie schweigt, aber ich muss wissen, was er ihr angetan hat, ob er sie angefasst hat oder nicht, aber dies konnte ich auch noch später klären.

Als ich ihr Gesicht von meiner Schulter nehme und ich sie anschaue, sehe ich, dass ihre Augen vom vielen weinen gerötet und geschwollen sind. „Wo hast du deine Sachen?"

„Ich weiß es nicht." Ich schaue mich im Zimmer um und findw sie auf dem Boden. „Ich muss dich kurz absetzten, damit ich deine Sachen holen kann, dann können wir von hier verschwinden, schaffst du das?", sie nickte nur mit ihrem Kopf. Ich setzte sie behutsam auf das Bett, dann stehe ich auf und hebe ihre Sachen auf. Als sie die Decke weg legt, um sich ihr Oberteil anzuziehen, sehe ich einen großen blauen, fast schon schwarzen Fleck auf ihrer rechten Seite. Mir weicht das Blut sofort aus dem Gesicht. „Was hat dieser Mistkerl dir angetan, Mara?" Sie wusste erst nicht, was los ist, doch dann begriff sie es und sie will sich sofort bedecken. „Nichts da, ich hab es eh schon gesehen."

„Es ist nichts."

„Erzähl mir keinen Mist, Baby."

„Er hat mich an den Haaren gepackt und wollte mich aufs Bett schmeißen, dabei bin ich auf dem Boden gelandet und das ziemlich unsanft, bist du jetzt zufrieden?" Es tut mir sofort leid, dass ich sie so angefahren habe. Ich gehe zu ihr, nehm esie in den Arm und versuche sie wieder zu beruhigen. „Es tut mir so leid, dass ich dich angemault habe, es ist alles meine Schuld."

„Dich trifft keine Schuld, hätte ich auf dich gehört und mich nicht mehr mit ihm getroffen, wäre es niemals so weit gekommen."

„Du konntest es ja nicht wissen."

„Aber ich hätte dir vertrauen müssen." Das alles zählt jetzt nicht mehr, wichtig ist nur, dass sie in Sicherheit ist und ihr dieses Arschloch, von meinem Bruder, nichts mehr anhaben kann. Ich helfe ihr noch beim anziehen, dann nehme ich sie auf die Arme und bin bereit dazu, sie ins Auto zu tragen. „Ich kann alleine gehen, Patrick." Ich wollte nicht, dass sie sich noch mehr zumuten muss, aber ich kenne auch Mara, wenn sie was will, dann bekommt sie es auch. Ja meine Mara, jetzt kann sie mir keiner mehr wegnehmen.

Als wir die Treppe runter gehen, schaue ich erst vorher nach, ob auch alles sicher war. Ich wusste, dass Michael ihn fertig gemacht hat, dennoch war es besser, vorsichtig zu sein. Wir kommen endlich unten an. Es hat ein bisschen länger gedauert, weil Maras Füße sie noch nicht recht tragen wollten. Wer weiß, wie lange sie schon ans Bett gefesselt war. Michael steht an der Wand und hält Cal fest im Griff. Er blutet überall, was mich sehr zufrieden stimmt. Mara kommt bei ihnen an, aber anstatt sie zusammenzuckt vor lauter Angst, schaut sie ihm in die Augen, ohne schnell genug zu reagieren, springt sie auf ihn zu, packte sein Gesicht und schlägt mit dem Knie direkt auf sein

Kinn. Dann spuckt sie ihm ins Gesicht. Ich bin so stolz auf sie und ohne ein Wort, schaut sie zu Michale, meine rechte Hand und signalisiert ihm, dass er mit ihm weiter machen kann. Sie passt einfach perfekt zu mir und ich werde sie nie wieder gehen lassen. Das wusste ich zwar schon von Anfang an, aber nach dieser Aktion bin ich mir jetzt noch sicherer als zuvor.

Ich kann Mara nicht dazu überreden, dass wir ins Krankenhaus fahren, was wahrscheinlich auch besser so ist, denn was hätten wir ihnen auch erklären sollen? Sie hätten uns nur unnötige Fragen gestellt und das, was wir mit Cal gemacht haben, hätte uns betimmt, wegen Körperverletzung, für sehr viele Jahre hinter Gittern gebracht.

Es vergingen viele Wochen bis sich Mara wieder einigermaßen erholt hat. Ihrer Tante haben wir allerdings die Wahrheit gesagt, lügen hätte eh nichts gebracht.

Mara wohnt jetzt ganz bei mir und es ist das Schönste neben ihr aufzuwachen. Ich hätte mir nichts besseres vorstellen können. Heute kommt Kim bei uns vorbei, um nach ihr zu sehen, ich habe sie einige Wochen abhalten können, obwohl sie trotzdem jeden Tag vor meiner Tür stand und versucht hat, rein zu kommen. Jetzt geht es ihr aber wieder besser und es besteht kein Grund zur Besorgnis, dass sie sie sehen kann.

Es klingelte an der Tür und Mara wollte sofort aufspringen, weil sie selber so aufgeregt war, ihre Freundin endlich wiederzusehen. Die Hautür fliegt auf und es folgt ein ohrenbetäubender Geschrei. Ich halte mir die Ohren zu, sonst würde mir wahrscheinlich das Trommelfellge platzen. Frauen halt. Sie sind endlich fertig mit ihrer übertriebenen Begrüßung und Kim kommt herein, gefolgt von Beth. Wir setzten uns alle an den Esstisch. „Was wollte ihr trinken?" Als ich alle Wünsche im Kopf notiert habe und ihnen gebracht habe, setzte ich mich auch mit an den Tisch. Es war eine gemütliche Runde, wir reden über alles und keiner kommt auf die Idee, Mara darüber auszufragen, was an dem Tag alles passiert ist. Wahrscheinlich, weil sie wissen, dass ich sie sonst alle rausschmeißen werde. „Mara Liebes, ich bin so froh, dass du wieder fit bist. Du bist mir das Wichtigste auf der Welt und wenn dir was passiert, würde…" weiter kommt Beth nicht, sie muss sich zusammen reißen, dass sie nicht die Fassung verliert. Aber ich weiß, was sie sagen will. Ich habe schon mit ihr gesprochen. Die Kneipe läuft mehr als gut und die zwei neuen Kellnerinnen machen sich wirklich gut, weshalb ich mit Beth darüber geredet habe, dass Mara nicht mehr bei ihr arbeiten sollte, nicht weil sie nicht gut ist, im Gegenteil. Sie hat was besseres verdient. Nach einer kurzen Pause spricht Beth endlich weiter. „Mara, willst du nicht vielleicht darüber nachdenken, dass du bei mir aufhörst zu arbeiten? Ich meine, du willst doch bestimmt nicht für immer in einer Kneipe arbeiten." Mara weiß nicht, was sie datrauf antworten soll, also ergreife ich jetzt das Wort. „Baby, hör zu. Ich möchte, dass du mit mir zusammen arbeitest, im Casino. Du kannst alles managen, hast volle Freiheit in deinen Entscheidungen und du musst nicht mehr bis spät in die Nacht hinein arbeiten. Ich weiß, ein Casino hat auch bis spät in die Nacht offen, aber ich bin der Chef und als Baldfrau vom Chef kannst du dir deine Arbeitszeiten aussuchen, was hälst du davon?" Ich bin nervös, meine Hände schwitzen, weil ich nicht weiß, wie sie ragieren wird. Ich hoffe, sie ist nicht sauer und denkt, dass wir über ihren Kopf hinweg entscheiden oder sie in Watte packen wollen.

„Ja."

Was? Wie bitte? Habe ich das gerade richtig gehört? „Du brauchst nicht so verdatert schauen. Ich habe schon länger darüber nachgedacht, gut, nicht das ich bei dir im Casino arbeiten will, aber das ich die Kneipe verlasse. Ihr habt alle recht mit dem was ihr gesagt habt."

„Also wirst du bei mir anfangen? Also mit mir arbeiten?"

„Ja, das werde ich. Ich möchte mit dir dein Imperium weiterführen."

„Du machst mich gerade zum glücklichsten Mann auf der ganzen Welt." Ich springe von meinem Stuhl auf, stürmte auf sie zu und nehme sie in die Arme. „Ich bekomme keine Luft mehr, Patrick."

„Oh Gott, das tut mir leid, hab ich dir weh getan?"

„Nein, alles in Ordnung. Ich liebe dich.", diese Worte besiegeln wir mit einem kleinen Kuss.

„Und ich liebe dich."

## Kapitel 29

*Mara*

Endlich war der Besuch weg. Ich habe mich gefreut, dass Kim und Beth vorbei gekommen sind, aber jetzt freue ich mich auf was anderes. Fünf Wochen habe ich jetzt abstinenz gelebt, weil meine Rippe doch gebrochen war. Heute ist der Tag, an dem ich ihn will, es ist mir egal, was er dazu sagt, ich weiß, dass er genauso darauf wartet, wie ich.

Patrick räumt die Küche auf und ich gehe nach oben ins Badezimmer, mache mich frisch, ziehe mir meine Dessous an und gehe dann ins Schlafzimmer, wo ich auf ihn warte. Ich bin ganz aufgeregt, obwohl ich ja weiß, wie es ist mit Patrick Black im Bett zu landen. Heiß, hemmungslos und einfach nur der pure Wahnsinn.

Ich höre ihn die Treppe hoch gehen, ich richte noch einmal meine Brüste, sodass sie auch ja fast rausspringen. Er soll ja schließlich gleich so scharf auf mich werden, dass er jede Bedenken über Bord wirft. Er öffnet die Tür und erstarrt, als er mich sieht. Seine Augen werden sofort dunkler, als er sie über meinen Körper gleiten lässt. Ich sehe auf seinen Schritt und bemerkt, dass sich da eine Beule bildet. Mit läuft das Wasser im Mund zusammen. „Mara, was machst du da? Bist du dir wirklich sicher?" Ich will nicht mehr darüber diskutieren. Ja, dass was mit Cal passiert ist, war draumatisch, aber ich lebe noch und habe es überwunden. „Hör auf drüber nachzudenken und nimm mich jetzt endlich und wenn du jetzt auch nur ein Wort sagst, mache ich es mir selbst." Ich sehe, wie er das hinunter schluckt, was er gerade sagen wollte, was wohl auch besser für ihn ist. Mit langen Schritten kommt er auf mich zu. Er zieht sich sein Hemd aus, wirft es auf den Boden und dann bleibt er stehen. Er schaut mich an, zieht sich noch langsamer seine Hose aus, als er zu mir gekommt. Er genießt es, mich zu quälen, denn er merkt, dass ich warte. „Baby, du machst mich echt fertig."

„Mach ich das?" Die Antwort kenne und sehe ich schon, denn sein Penis ist so groß, dass es ihm wahrscheinlich schon weh tut. Langsam und genussvoll kommt er zu mir aufs Bett, drängt mich zurück, sodass ich auf dem Rücken zum liegen komme. Mit seinen Fingern streichelt er mein Bein nach oben, bis er an der Stelle ankommt, wo sich meine Beine teilen. Er streichelt mit seinem Daumen über meine Mitte, ich stöhne auf und bin schon fast kurz davor zu kommen, obwohl er noch gar nichts gemacht hat.

„Baby, ich kann spüren wie feucht du bist, auch wenn du deinen Slip noch an hast." Ich will gerade sagen, dass er ihn mir ausziehen soll, da reißt er ihn mir schon vom Leib. Mit zwei Fingern dringt er in mich ein, krümmt sie und massiert so meinen inneren Punkt. Ich spüre schon wie ich mich um seine Finger zusammenziehe. „Oh nein, du wirst noch nicht kommen. Ich will, dass du um meinen Schwanz herumkommst, immer und immer wieder." , um es noch ein bisschen spannender zu machen, zieht er seine Finger aus mir herraus und umspielt mit seinem Penis meinen Eingang.

Ich kann es nicht mehr aushalten, „Patrick, bitte fick mich endlich, ich habe so lange gewartet, ich kann nicht noch länger warten." Ohne noch ein Wort zu sagen, dringt er zärtlich in mich hinein und schaut mir dabei in die Augen. Ich kralle mich in seine Haare und ziehe ihn zu mir herrunter, um ihn zu Küssen. Ich lege all meine Gefühle in diesen Kuss, ich will ihm damit zeigen, wieviel er mir bedeutet und das ich ohne ihn nicht mehr leben will.

Wir haben Höhen und Tiefen erlebt, waren getrennt und wieder zueinandern gefunden, sind durch den Himmel und in durch die Hölle gegangen, wir sind zusammen gewachsen und stärker geworden, keiner kann uns das noch nehmen. Ich muss zugeben, dass er damit recht hatte, als er gesagt hat, dass wir zusammen gehören. Wir gehören zusammen, wir sind füreinander bestimmt und es gibt sowas wie Schicksal. Patrick Black ist mein Schicksal, mein Gegenstück, mein Leben und meine Liebe. Er bewegt sich langsam in mir und dieses Gefühl ist so anders, als die anderen Male, dies ist keine Bettgeschichte, dies ist kein Fick, dies ist die pure Liebe, meine Liebe. Ich schaue ihm tief in die Augen und ich sehe, all das, was ich gerade fühle, in seinem Blick. Ich merke, wie der Orgasmus immer näher rückt, wie ich mich um ihn herum zusammenziehe, wie meine Muskeln sich verkrampfen. Ich stöhne seinen Namen, kralle mich das letzte Mal an ihm fest und flüstere ihm ins Ohr: „Ich liebe dich, Patrick, so sehr wie mein eigenes Leben und noch viel weiter darüber hinaus."

„Ich liebe dich auch, Mara Sheppert. Du bist mein Leben, du bist mein Herz, du bist meine Vergangenheit und meine Zukunft. Du bist MEIN.

# Sechs Monate später

*Patrick*

Ich bin so nervös, ich glaube, dass war ich zuletzt, keine Ahnung, ich weiß es nicht mehr, wahrscheinlich war ich noch nie in meinem Leben so nervös. Ich laufe auf und ab, man kann bestimmt schon Spuren davon sehen, wie ich hin und her laufe. Ständig schaue ich auf meine Uhr, doch die Zeiger wollen sich nicht bewegen. „Hey Kumpel, es ist alles okay. Du kennst doch Frauen, die brauchen immer ein bisschen länger." Ich bin froh, das Michale bei mir ist und meine Nerven beruhigt, wenn ich denn noch welche habe, ich warte schon seit einer Stunde vor dem Altar auf sie. Mein Hemd ist schon durchgeschwitzt, ich hoffe nur, dass es keiner merkt. Ich drehe meine übliche Runde hin und her, als plötzlich die Tür aufgeht. Ich schaue nach vorn und sehe SIE.

Ich bekomme keine Luft mehr, so atemberaubend sieht sie aus. Sie trägt ein enges Kleid aus Spitze, was ihre Kurven so sehr betont, dass ich Angst habe, ich könnte in der Kirche gleich einen Ständer bekommen. Ihre Haare trägt sie gelockt und offen, so wie ich es liebe. Ihr Make Up ist dezent, aber sie sieht wunderschön aus. Die Musik fängt an zu spielen und sie schreitet langsam auf mich zu. Mein Herz hämmert wie wild in meiner Brust. Ich habe Angst gleich umzukippen. Ich möchte am liebsten zu ihr hinrennen, weil es mir zu lange dauert bis sie bei mir ist. Es dauert ewig, bis sie schließlich bei mir ist. „Du siehst so wunderschön aus." Sie schaut zu mir auf, mit ihren langen Wimpern. Ich will sie am liebsten jetzt gleich Küssen.

Der Pfarrer beginnt mit seiner üblichen Rede, aber ich höre gar nicht hin, weil ich nur Augen für die Frau habe, die neben mir steht. Die bereit dazu ist, ihr Leben mit mir zu teilen. Wir sind endlich am

Schluss angekommen, endlich höre ich den Pfarrer sagen. „Sie dürfen die Braut nun küssen." Ich beuge mich zu ihr, nehme ihr Gesicht in meine Hände, hebe ihren Kopf leicht an und gebe ihr den Kuss, den sie verdient hat. Diese Frau hat alles verdient, ich werde ihr die Welt zu Füßen legen, werde ihr jeden Wunsch von den Augen ablesen und sie zur glücklichsten Frau auf der ganzen Welt machen. Ich bin immer noch der Meinung, dass ich sie nach alle dem nicht verdient habe, aber ich bereue es auch nicht, dass alles gemacht zu haben, denn ich habe sie. Das Universum hat uns zusammen gebracht, das Schicksal hat uns unser Leben geschenkt und Gott wollte, dass wir uns haben.

„Ms. Mara Black, ich liebe sie."

„Mr. Patrick Black, ich liebe sie auch."

Ende

# Danksagung

Ich möchte mich bei so vielen Menschen bedanken, die mir geholfen haben diesen Traum zu verwirklichen. All diese Leute haben mir Mut zugesprochen, mich ermutigt, das ich es schaffen kann, dass ich nur daran glauben soll und das ich es gut mache, so wie ich es mache.
Ich habe über eine normale Fanseite Menschen getroffen, die mittlerweile zu echten Freunden geworden sind, die mir sehr ans Herz gewachsen sind und ohne diese Freunde hätte ich diesen Schritt niemals gewagt.

Vor allem aber möchte ich mich bei meinem Mann bedanken, der mich in allem unterstütz und mir den Rücken stärkt, der niemals an mir gezweifelt hat, der sich niemals gedacht hat, dass dies nur eine Schnappsidee ist, sondern der immer gedacht hat, dass ich es schaffen kann, das ich alles schaffen kann, was ich mir vornehme.

Und nun stehe ich hier, mit meinem ersten Buch, mit meiner ersten Geschichte. Ich habe es geschafft, meinen Traum zu verwirklichen, meine Ideen aufs Papier gebracht und meinen Charakteren ein Leben gegeben. Es ist erst das erste Buch, aber ich kann euch sagen, es wird nicht das Letzte sein.

Meinen ganz besonderen Dank möchte ich noch einer ganz besonderen Person widmen, die ich auch mit Namen erwähnen möchte. Steffi R. Eine Person, eine Freundin, ein Mensch der mir sehr ans Herz gewachsen ist. Ich hatte viele Höhen und Tiefen in meiner Geschichte und deren Verwirklichung. Ich war an manchen Stellen am verzweifeln und wusste nicht mehr ein und aus. Sie hat mir geholfen einen klaren Kopf zu bekommen und stand mir mit Rat und Tat zur Seite.

Ich danke dir Steffi, das du immer ein offenes Ohr für mich hast, das du mir geholfen hast, nicht an mir und dem Buch zu zweifeln. Ich sage einfach nur: Danke, dass du da bist, dass es dich in meinem Leben gibt und das wir wahre Freundschaft geschlossen haben.

Bibliografische Information der Deutschen Nationalbibliothek: Die Deutsche Nationalbibliothek verzeichnet diese Publikation in der Deutschen Nationalbibliografie; detaillierte bibliografische Daten sind im Internet über dnb.d-nb.de abrufbar.

**TWENTYSIX – Der Self-Publishing Verlag**
Eine Kooperation zwischen der Verlagsgruppe Random House und BoD-Book on Demand

Herstellung und Verlag:
BoD – Books on Demand Norderstedt
ISBN: 978-3-7407-3571-5